一個作家的午後

費滋傑羅後期作品集

村上春樹　編選／專文導讀

史考特・費滋傑羅　著

目次

短篇小說

隨筆

短篇小說

一段異國旅程

One Trip Abroad

本篇刊登於《週六晚郵報》（*The Saturday Evening Post*）一九三〇年十月十一日。

一對富裕的年輕夫婦，離開美國來到一九二〇年代的歐洲，想來一段自由優雅的旅行。丈夫英俊，妻子美麗，天真而幸福的兩人，在他鄉異地究竟發生了什麼事？這個故事彷彿他的下一部長篇小說《夜未央》（一九三四年）的前兆，是個在平靜的表象下，隱隱流動著危險氣息的故事。主角的原型無疑是史考特和塞爾妲，同時穿插他們在歐洲的兩個朋友，富裕的傑拉德．瑪菲夫婦身影。這部分也和《夜未央》相同。

塞納河船上的派對，真實生活裡也是由瑪菲夫婦主辦的，據說他們標新立異的作風和優雅的言行當年也曾轟動全巴黎，造成話題。

——村上春樹

I

午後，蝗蟲過境，天色進而暗了下來。幾個女人尖叫著鑽進觀光巴士下層，拿起毯子遮住頭髮。蝗蟲北向而去，沿途掠捕一切食物，儘管世界這端能吃的寥寥無幾；牠們安靜而筆直地飛行，彷彿黑色的雪花。沒有一隻撞上擋風玻璃或跌進車內，卻有幾個搗蛋鬼很快伸手探出窗外，嘗試抓下幾隻。十分鐘後，黑雲散去，女人從毯子裡探出身來，蓬頭亂髮，覺得傻氣。大伙說起話來。

每個人的嘴都沒閒著；才一同在撒哈拉沙漠邊緣領教了蝗蟲大軍，不大說特說豈有此理。那個士麥那裔美國人與英國寡婦攀談，她正南下比斯克拉，想在自己玩不動以前，與尚未邂逅的部落首領來場最後狂歡。舊金山證交所的會員怯生生地朝作家搭話，「您是位作家吧？」他問。威明頓來的父女與倫敦東區出身的飛行員交談，他接著要飛往廷巴克圖。就連法籍司機都轉過身，用清晰宏亮的聲音向全車說明：「大黃蜂。」這話惹得護校畢業的紐約護士激動地連聲尖笑起來。

在旅客這陣喧鬧中，有對特別謹言慎行的異數。李德爾・邁爾斯先生和太太同時轉身，朝後座的美國夫婦微笑發話。

「沒鑽進你們頭髮裡吧？」

年輕夫婦禮貌地回以微笑。

「沒有，我們逃過了一劫。」

兩人二十多歲年紀，身上依然帶著宜人的新娘新郎韻致。好一對佳偶；先生的神情認真敏銳；女孩的雙眼、秀髮洋溢著迷人的光彩，她的面龐不帶一絲陰影，活潑清新中帶有優雅自信與沉穩。邁爾斯夫婦沒看漏了他們散發出的好人家氣息，從兩人毫不世故的言行，到謹守分際、克己沉默又不至於生硬拘謹的舉止，在在看得出他們的出身背景十分「不得了」。他們不與別人來往，無非是因為有彼此就夠，不像邁爾斯夫婦與其他旅客疏遠是刻意戴上面具的社交姿態，其實與那位隨時隨地自曝風流事、備受眾人冷臉的士麥那老美無異。

其實邁爾斯夫婦早就認定這對年輕夫妻「很合適」，也厭倦於沒有新朋友作伴，於是直率地與他們攀談。

「你們以前來過非洲嗎？這裡真是棒得沒話說！你們打算要接著去突尼斯嗎？」

十五年來，儘管大大小小的巴黎作派多少磨蝕了邁爾斯夫婦的內心，他們的外表還是無疑地亮麗，甚至可說是饒富魅力。在當晚抵達布薩達這座小小的綠洲城市前，四人已經打成一片。他們發現了好幾位在紐約的共同朋友，也在跨大西洋酒店的酒吧共飲雞尾酒，還決定共進晚餐。

年輕的凱利夫婦才剛下樓，妮可隨即有點後悔答應邀約，她意識到，接下來他們多半得花上大把時間精神和這對新朋友相處，直到在君士坦丁堡分道揚鑣。

結婚至今八個月，她每天都開心得不得了，沐浴在寵愛之中。在載著他們航向直布羅陀的義大利遊輪上，他們沒和酒吧裡那群醉得東倒西歪的傢伙鬼混，而是把時間拿來認真學習法文，尼爾森同時打理著新近繼承的五十萬元事業，還畫了張船上的煙囪。聽說那群歡樂酒國幫有位成員永遠消失在亞速群島附近的大西洋時，年輕的凱利夫婦幾乎感到慶幸，他們保持距離的態度大有先見之明。

但對兩人自外於其他人的做法，妮可還是有著隱隱的歉疚。她對尼爾森說：「剛才在大廳，我沒理會那對夫婦就走過去了。」

「誰啊——邁爾斯夫婦嗎？」

「不，是那對年輕夫婦——跟我們年紀差不多——他們搭另一輛巴士，在比爾拉巴盧吃完午餐後，我們在駱駝市場遇見他們，還說他們看起來真不錯。」

「他們看上去確實很不錯。」

「他們好**迷人**，」她強調：「那女子和男人都很迷人。我幾乎可以肯定從前在什麼地方見過她。」

他們談論的夫婦晚餐時就坐在餐廳另一頭，妮可發現自己的目光無法抗拒地被他們吸引。他們同樣交了新朋友；妮可心裡再次閃過一絲懊悔，她已經有兩個月沒和差不多年紀的女孩說話了。邁爾斯夫婦裝模作樣的世故、毫不避諱的勢利，完全是另一回事。他們去過的地方多得教人咋舌，報上閃過的一幅幅浮世蜃景，似乎全躲不過他們的眼睛。

一行人來到飯店露臺用餐，低垂的雲幕間，彷彿有位陌生且警醒的神祇居高臨下望著眾人的一舉一動；今夜，飯店四角喧擾著各種聲囂，他們在書上都已讀得爛熟，此刻聽在耳裡卻是陌生得教人癡狂——塞內加爾的非洲鼓聲、土著的笛音、駱駝自憐又嗲聲嬌氣的哀鳴、阿拉伯人穿著舊輪胎皮做的鞋子走過的啪噠聲響、巫師祈禱的哭嚎等等。

在酒店的接待櫃檯，有位同行旅客沒完沒了地與櫃檯人員爭執著兌換匯率，越來越激烈，圍觀群眾越來越多，氣氛也越來越凝重。

邁爾斯太太率先打破空氣中揮之不去的沉默；她帶著些許不耐，拉著他們從夜色中走到桌邊就座。

「其實我們都應該換上正式服裝。如果大家都穿得正式一點，晚餐就有意思多了，盛裝打扮會給人不一樣的感覺。英國人就明白這點。」

「在這種地方盛裝？」她丈夫不以為然：「我覺得自己和今天在路上看到的那個穿著破爛大禮服載著一車羊的傢伙沒兩樣。」

「但要是不認真打點的話，我會一直覺得自己是個觀光客。」

「這個嘛，我們的確是，不是嗎？」尼爾森問。

「我可沒把自己看作觀光客。觀光客指的是那群每天早早起床跑去參觀大教堂，整天嘴裡說的都是風景、風景、風景的人。」

妮可和尼爾森看遍了非茲到阿爾及爾的所有官方景點，沿途拍了好幾卷影片，坦白說，他們覺得相當充實，但也認定邁爾斯太太一定不會對他們的見聞感興趣。

「每個地方都一樣。」邁爾斯太太繼續說：「唯一重要的是那裡有什麼人。新風景只有前半小時會覺得美，之後，你還是只想看你想看的。這就是為什麼某些紅極一時的景點隨著流行一變，人們又跑去其他地方。地點本身真的不重要。」

「但還是得有人先覺得那地方不錯吧？」尼爾森不以為然：「第一批人是因為喜歡才去的。」

「你們今年春天打算去哪些地方？」邁爾斯太太問。

「我們考慮過聖雷莫，或者索倫托。我們從沒到過歐洲。」

「我的孩子啊，索倫托和聖雷莫我都熟，你們撐不過一週的。那裡擠滿了嚇死人的英國佬，他們整天讀《每日郵報》、等著收信，不然就說些無厘頭到極點的蠢話。你們還不如去布萊頓和伯恩茅斯走走，買隻白貴賓狗、打把陽傘在碼頭散步。你們會在歐洲待多久？」

「我們還不知道，或許幾年吧。」妮可猶豫了起來。「尼爾森繼承了一筆小錢，於是我們想做點改變。爸爸在我小時候得了氣喘，我有好幾年時間必須跟他一起在沉悶透頂的療養度假村裡生活；尼爾森之前經營的阿拉斯加毛皮生意也令他厭倦，所以我們一自由就出國了。尼爾森想畫畫，而我呢，想學唱歌。」她自豪地看著丈夫。「目前為止，一切都棒得不得了。」

邁爾斯太太判斷，從眼前這位年輕女人的衣著看來，她先生繼承的那筆錢絕不是小數目，而且他們是那麼熱情洋溢，富有感染力。

「你們一定得去比亞里茨走走，」她建議他們：「或者，來蒙地卡羅晃晃。」

「他們跟我說這附近有場厲害的表演。」邁爾斯說，跟著點了瓶香檳：「烏列奈爾族。櫃檯說，她們是一群下山來學習當舞者的部落女孩，等她們賺夠了第一桶金就會回去山裡，然後結婚。總之，今晚就是她們的演出。」

走往烏列奈爾人開的咖啡館途中，妮可想到此刻她和尼爾森竟然不是在越漸低垂、越感輕軟、越顯清朗的夜色中漫步，心裡一陣悵惘。晚餐時尼爾森回敬了一瓶香檳，他們兩人還不習慣喝那麼多酒。他們越走近咖啡館，屋內悲傷的笛聲越讓她沒心情進去，她寧可爬上那座矮丘頂端，那裡有座白色清真寺，像顆行星般在長夜裡閃耀。生命要比任何表演都來得美好；她緩緩靠近尼爾森，緊握住他的手。

像小洞窟的咖啡館裡擠滿了兩輛巴士的遊客。那群女孩——有著亮棕膚色、塌鼻、美麗深邃雙眼的柏柏人——已經準備好一個個在臺上獨舞。她們穿著棉質蓬蓬裙，讓人隱約聯想起南方黑人大媽的模樣；衣裙下的身軀緩慢扭動，跳著印度宮廷舞，再以一陣肚皮舞帶來高潮，銀色腰帶狂野地上下擺動，真金幣串成的垂鍊在她們的脖子和臂膀上叮噹作響。吹笛手也是個諧星，他裝模作樣地模仿女孩跳舞，開她們玩笑。鼓手呢，則像穿著山羊皮的巫醫，是道地的蘇丹黑人。

菸霧瀰漫間，女孩一個接一個舞動手指，就像在空中彈著琴鍵——乍看隨興，但沒多久就看得出她們顯然受過嚴格訓練——接著，舞者踏起了簡單、慵懶萬分的舞步，卻同樣有規有矩——而這些不過是為了鋪陳後續高潮之舞的狂野肉慾。

隨後全場陷入一陣靜默。儘管表演看來還沒有完全結束，大部分觀眾已逐漸起身走人，空氣中流動著竊竊私語聲。

「這是什麼舞？」妮可問她丈夫。

「呃，我想——多少可以看作是烏列奈爾的民俗舞蹈啦——啊——東方風格——除了首飾，全身穿得少少的東方風格。」

「噢。」

「我們都待著吧。」邁爾斯先生神情愉快，想讓她放心：「畢竟來這兒就是為了看看這個國家真正的風俗嘛，別被一點點正經規矩綁著放不開。」

大部分男人留了下來，有些女人也沒離開。妮可突然起身。

「我去外頭等。」她說。

「為什麼不留下呢，妮可？畢竟邁爾斯太太還在。」

笛手吹奏出浮誇的花式樂句作為暖場。階梯舞臺上，兩個淡棕色皮膚的孩子褪下了棉裙，她們或許只有十四歲。一瞬間妮可猶豫了，她內心在嫌惡與不想被看成一本正經之間拉扯。接著她看到另一位年輕的美國女子迅速起身，往門口走去。妮可認出她是搭另一輛巴士的美麗少婦，於是迅速做了決定，站起身來跟上她。

尼爾森緊追在她身後。「妳走我就一起走。」他說，但明顯不大情願。

「別在意，我會和導遊一起在外頭等。」

「這樣啊——」鼓聲響起，他於是妥協：「我就待一會兒。我想看看是怎麼回事。」

她在清新涼爽的夜裡等著等著，才意識到這段插曲終究傷害了她——尼爾森沒有當場和她同進退，還搬出邁爾斯太太也沒離開的大道理。受了傷的她生起氣來，於是打手勢向導遊說她想回旅館。

二十分鐘後，尼爾森出現了，發現妮可不見的他又氣又急，還得掩飾自己丟下她的罪惡感。就連他們自己也不敢相信，小倆口忽然間就吵起架來。

過了許久許久，布薩達靜得沒有半點聲音，集市裡的游牧民族蜷縮在自己的連帽袍中，和一捆捆毫無動靜的貨物沒有兩樣。她倚著他的肩膀進入了夢鄉。生命不斷前進，不受我們的意圖左右，但有什麼已經變了調，感情不睦已出現徵兆。生命是愛的結合，但也要承受風浪。她和尼爾森熬過了孤單的年少，現在他們想追求的，是活生生的世間滋味和氣息；眼下，他們在彼此身上找到了夢想的況味。

一個月後，他們來到索倫托，妮可開始上歌唱課，尼爾森則嘗試為那不勒斯灣畫出新意。這是他們計畫已久且不時在書中讀到的生活。但他們發覺，就像過去曾多次發現到的，田園插曲般的旖旎風光得仰賴有人「辦派對」——也就是說，得有人一一打點背景、提供經驗、懷抱耐心，以防另一半再次沉浸在童年記憶裡牧歌般寧靜的魔咒中。妮可與尼爾森一時間變得太老、太年輕，又太「美國」，難以立刻融入異鄉的規規矩矩。充沛的活力讓他們不知疲累，但他的繪畫依然沒有方向，而她的歌藝，短時間內看來也還是玩票性質。他們說自己「哪兒也不去」——長夜漫漫，於是他們只好在晚餐時一杯又一杯地喝著卡普里葡萄酒。

旅館老闆是英國人。他們上了年紀，為了好天氣和寧靜生活南下；尼爾森和妮可不喜歡他們溫吞度日的步調。日復一日滿嘴天氣經、走著同樣的步道，晚餐總是吃通心麵，真有人滿意這樣的生活？他們感到無聊，而美國人一旦無聊起來，就表示尋求新刺激的心蠢蠢欲動。事情在一夜之間就定了。

喝完一瓶葡萄酒後，他們決定前往巴黎，搬進一間公寓，認真工作。巴黎應許著大都會的消遣、年齡相近的朋友，以及義大利缺乏的那種無所不在的張力。帶著熱切的新希望，晚餐後他們閑步走進沙龍，這時，尼爾森第十次注意到一架巨大的古董自動鋼琴，於是近前想打開試試。

沙龍另一頭坐了一對和他們有些小小牽連的英國人——將軍伊夫林・法拉傑爵士與法拉傑夫人。這樁糾葛短暫又教人不快——夫人撞見穿著輕薄的晨袍走出飯店、準備下水游泳的凱利夫婦，她大聲嚷嚷太噁心了，不准做出這等傷風敗俗的行為。罵聲在一樓空間迴盪，傳到好幾碼之外。

但這還遠比不上此刻夫人聽見自動鋼琴爆出第一聲嚇人音符的反應。在琴鍵經年累月的灰塵因震動抖落的同時，她觸電一般咻地衝向前去，渾身像是剛從電椅爬下來似的這裡抽搐、那裡抖動。尼爾森也被自己意外搞出的〈等待羅伯・E・李〉噪音驚得愣在原地，在她彈射過整間沙龍期間，他的屁股連琴椅的邊都沒沾上。她的背陣陣顫抖，瞧也不瞧凱利夫婦一眼，就出手關掉了電源。

這舉動看起來合理，但也讓人下不了臺。尼爾森猶豫了一會兒，拿不準要不要發作；接著，他想起法拉傑夫人對他「泳裝」的傲慢指教，便走回到鋼琴旁，當著她火冒三丈的氣頭上，再次打開電源。

這段插曲很快就傳遍全場。沙龍裡的每一隻眼睛都熱切地盯著兩位主角，等著下一步發展。妮可快步趕到尼爾森身旁，勸他大事化小，但太遲了。同桌的英國人開始憤怒地鼓譟起來，接著烽火一桌桌點燃，此刻將軍伊夫林・法拉傑爵士所面對的，或許是自萊迪史密斯突圍戰以來最為嚴酷的場面。

「不可『鯉魚』！——不可『鯉魚』！」

「不好意思，您說什麼？」尼爾森說。

「我在這裡十五年了！」伊夫林爵士自顧自地嚷嚷：「從沒聽說誰幹過這種事。」

「我想，鋼琴放在這兒是為了給賓客帶來娛樂。」

伊夫林爵士不屑回應，他單膝跪下，伸手摸索控制栓，卻撥錯了方向，於是鋼琴以三倍的速度和音量轟然響起，大伙獃站在狂飆巨響的騷亂中不知所措；伊夫林爵士鐵青著臉，儼然一副軍人氣魄，尼爾森則處在狂笑出聲的邊緣。

沒多久，旅館經理就用他可靠的雙手擺平了事件；鋼琴咽下最後一口氣，停了下來，它還不習慣如此熱情的演出，不免繼續微微顫抖了一會兒，留下大大一片寂靜。寂靜的餘韻中，伊夫林爵士轉向經理。

「我平生未聞如此無法無天之事。內人一度關掉了鋼琴，而他，」——這是他第一次指出尼爾森的身分和鋼琴有別——「他又打開！」

「這裡是飯店的公共空間。」尼爾森抗議：「樂器放在這裡顯然是要給人用的。」

「別再爭了，」妮可耳語：「他們年紀大了。」

但尼爾森說：「此舉若有任何不妥，我會道歉。」

伊夫林爵士雙眼充滿威脅意味地緊盯著經理，等待他履行自己的職責。後者呢，想起伊夫林在這裡住了十五年，便退縮了。

「沒有在晚間啟用樂器的慣例，貴賓們應該安靜入座。」

「放肆的美國佬！」伊夫林爵士突然厲聲說。

「很好。」尼爾森說：「我們明天就走，讓飯店不必再見到我們。」

這段插曲帶來的結果——就像是某種對伊夫林・法拉傑爵士的抗議——他們不去巴黎了，轉而去蒙地卡羅。他們不再感到孤單。

II

凱利夫婦到訪蒙地卡羅兩年多後，某天清晨妮可醒來後意識到，儘管蒙地卡羅依然叫作蒙地卡羅，但對她來說，這裡已經是有著不同意義的地方了。

在巴黎和比亞里茨匆忙生活了幾個月，但直到現在他們才有找到了家的感覺。他們有間別墅，有在春夏兩季前來度假的相熟好友——這些朋友自然不含那些按圖索驥的旅客、跟著地中海巡迴之旅沿途靠岸遊覽的群眾；兩者後來都成為了他們口中的「觀光客」。

他們好愛里維耶拉的盛夏，他們在那兒朋友成群，夜空清澈，四處充滿音樂。今早，就在女僕拉上窗簾遮擋刺眼的光線前，妮可透過房間的窗戶瞥見T. F.高汀的遊艇在摩納哥灣的波濤上安穩地起伏，彷彿像是在一場不需實際移動的浪漫旅程中不斷航行著。

遊艇也跟上了岸邊的緩慢步調；整個夏天，它大可環遊世界，最遠卻只開到坎城就回頭了。凱利夫婦今晚會登船用餐。

妮可的法語說得好極了；她有五件全新的晚禮服，而舊的四件同樣穿得出場；她有丈夫；她有兩個愛上她的男人，而她可憐其中一位。她有著漂亮的臉蛋。十點半，她和第三個男人碰面，男人才剛「無傷大雅」地陷進對她的迷戀。此刻有一打迷人的男士等著和她共進午餐，全是一時之選。

「我好開心。」她面對著刺眼的光線細數心事：「我年輕漂亮，而且名字常常出現在報紙上，寫著我又去了這裡、到了那裡，但說真的我毫不在乎那些招搖的傳聞。我覺得這全都蠢得可怕，但若你真想認識人，你倒是有機會從中發現優雅又有意思的人物；而若有人說你做作，那只是嫉妒，他們自己明白，每個人都心裡有數。」

兩個小時後，她在艾格爾山高爾夫球場對奧斯卡．丹恩重述了一次這些心裡話，他暗暗咒罵她。

「完全不是這麼回事。」他說：「妳只是變得越來越像勢利鬼。妳說那群和妳玩在一起的酒鬼是『有意思的傢伙』？哎，他們甚至混得不是很好。他們一路辛苦地從歐洲頭來到歐洲尾，像是裝在小麥麻袋裡的釘子，鑽啊刺的終於搞出個小破洞，然後就這麼掉進了地中海。」

妮可氣惱了起來，她撇了個名字朝他開火，但他回答：「三流。以剛起步的作家來說，他文章寫得算是夠扎實。」

「科碧斯夫婦呢——就說科碧斯太太吧。」

「三等貨色。」

「寇柏侯爵和侯爵夫人。」

「若是她沒嗑藥，他也沒有一些『小毛病』的話，還行。」

「好啊，那你說，哪裡有有意思的傢伙？」她不耐煩地要他給個交代。

「他們遠在地方，別想在一群牲畜裡獵得到他們，除非運氣夠好。」

「那你呢？我說的這些人發下請柬，你一樣趨之若鶩。我聽說過你的故事，情節瘋狂得連你自己都編不出來。沒有一個認識你超過六個月的人敢接受你開的支票，哪怕只有十塊錢。你這個軟爛男、寄生蟲，還有——」

「閉上嘴歇會兒吧。」他硬生生打斷：「我不想搞砸兜風的氣氛……我只是不喜歡看妳像騙小孩一樣騙自己。」他繼續說：「以今日而言，打入國際社交圈的難度不過像是走進蒙地卡羅賭場社交廳；而即使我靠著騙吃騙喝過活，我付出的依然是得到的二十倍。我們這些難兄難弟幾乎是圈子裡唯一還有點料的傢伙；而我們之所以一直混下去，是因為不得不。」

她開懷大笑，一時間好愛好愛他，她想著尼爾森要是知道奧斯卡今早出門時順手摸走了他的指甲剪和《紐約論壇報》，不知道會有多生氣。

「無所謂。」後來開車回家午餐的途中，她又想了想：「我們很快就要拋開這一切了，接著我們會認真生活，生個小嬰兒，就在過完最後的夏天之後。」

她在花店停了一會兒，看見一個年輕女人走了出來，抱著滿臂鮮花。年輕女人從五顏六色的花朵堆上方瞥了她一眼，妮可察覺出她極其聰明，面貌也有些熟悉。她之前肯定認識過這位女士，但交集不深；她想不起對方的名字，所以連點頭致意都省了，直到傍晚都沒再想起這段插曲。

午餐共有十二人：搭著高汀遊艇的一行人、李德爾與卡汀妮・邁爾斯、丹恩先生等等——她數了數，他們來自七個不同國家；眾人之中有位年輕玲瓏的法國女人：德洛尼女士，妮可戲稱她是「尼爾森的女人」。諾埃爾・德洛尼或許是她最親近的朋友；每回他們參加高爾夫四人賽，或是一起旅行，她和尼爾森總是湊成一對；但今天，當妮可以「尼爾森的女人」介紹她給眾人認識時，妮可滿心厭惡起那戲謔的稱呼。

她在用餐間大聲宣布：「尼爾森和我就要拋開這一切了。」

所有人都欣然同意，畢竟同樣的，他們遲早也得拋開這一切。

「英國人倒無所謂。」某人說：「因為他們總在跳著某種死亡之舞——你懂的，在破敗堡壘裡狂歡作樂的同時，還有印度兵在大門站哨。你從他們跳舞時臉上那種全神貫注的表情就看得出來——他們明白得很，這就是他們要的，他們的眼裡絲毫看不見未來。但你們美國人吶，你們的時間多到發爛。你們若想戴頂綠帽、破帽，或不管想戴什麼，只需要讓自己帶著點醉意就行了。」

「我們就要遠離這一切了。」妮可堅定地表示，但她心中有個抗拒的聲音：「多可惜啊——這片可愛的藍色海洋、這些快樂的時光。」等在前頭的是什麼呢？不是才剛有人說要減輕生活的緊張感嗎？這些問題，或多或少得在尼爾森身上找答案。他的不滿與日俱增，他本該為兩人炸開一條通往新生活的道路，或是為生活帶來新期盼與新內涵，但卻毫無作為。至少，作為一個男人就該有所付出。

「那麼，孩子們，再見啦。」

「感謝兩位招待大餐。」

「別忘了要拋開一切啊。」

「有緣再會——」

賓客們沿路走回自己的車上。只有奧斯卡留了下來，他和妮可並肩站在露臺，利口酒使他臉頰隱隱泛紅，不停說著那位他邀來看自己郵票蒐藏的女孩。片刻間，妮可懶得再和任何人應酬，亟欲獨處，她聽了一會兒後，拿起午餐桌上的玻璃花瓶，走過法式落地窗，走進黑暗、陰影幢幢的別墅，他的聲音隨她飄進屋內，一個人繼續在外頭說個不停。

她走過第一間沙龍，奧斯卡還在露臺上滔滔不絕，這時隔壁房間傳來的話語聲硬生生軋進了奧斯卡的獨白。

「啊，再吻我一次吧。」說完，停頓；妮可也停下腳步，一動也不動地僵立在靜默中，此刻打破沉默的只有陽臺傳來的聲音。

「小心點。」妮可認出了諾埃爾・德洛尼微微的法國口音。

「我受夠一直這麼小心翼翼了。沒關係，他們還在露臺上。」

「不，還是在老地方見。」

「寶貝，心肝寶貝。」

奧斯卡・丹恩從露臺傳來的聲音越來越微弱，終於停止，妮可像是從麻痺中恢復了過來，她向前，或者向後走了一步，連自己也搞不清楚。高跟鞋落上地板發出聲響的同時，她聽出隔壁房兩人迅速分開的窸窣聲。

她走了進去。尼爾森正在點菸，諾埃爾轉過身，裝出一副在沙發椅上找帽子或宴會包的模樣。妮可心中盲目的恐懼更甚於憤怒，她扔出手裡的花瓶，或者說，她將花瓶從懷裡用力推了出去。如果她有意要扔誰，尼爾森才是該倒楣的人，但她心裡的柔情化作力量，灌注手中這樽沒有生命的玩意；花瓶感應到她的心意，越過尼爾森向前飛去，諾埃爾・德洛尼正要轉過身來，側臉扎扎實實地挨了一記。

「喂，搞什麼！」尼爾森大吼。諾埃爾從站著的地方緩緩軟進沙發椅，她慢慢舉起手來遮住側臉。花瓶毫髮無傷地在厚地毯上滾動著，鮮花散落一地。

「妳小心！」尼爾森趕到諾埃爾身旁，想要移開她的手確認傷勢。

「C'est liquide.（我摸到濕濕的東西。）」諾埃爾喘不過氣地呢喃著：「Est-ce que c'est le sang?（是血嗎？）」

他用力掰開她的手，接著呼吸不過來地大喊：「沒事，只是水！」再對剛出現在門邊的奧斯卡說：「去拿些干邑白蘭地來！」又對妮可說：「妳這笨蛋，妳一定是瘋了！」

妮可呼吸困難，說不出話來。白蘭地送抵後，尼爾森倒了一杯灌進諾埃爾喉嚨，在場縈繞不去的沉默彷彿人們正看著手術進行。妮可示意奧斯卡也給她一杯，接著，像是害怕不喝就沒辦法打破沉默一般，他們每個人都喝了白蘭地。之後，諾埃爾和尼爾森同時說起話來：

「如果你能幫我找到帽子——」

「這真是我見過最蠢——」

「——我馬上就走。」

「——最蠢的事；我——」

他們全都望向妮可，她說：「把她的車直接開到門口。」奧斯卡馬上起身照辦。

「妳確定不用看醫生嗎？」尼爾森擔心地問。

「我會去的。」

一分鐘後，車開走了，尼爾森走進屋裡，自己又灌下一杯白蘭地。緩和下來的情緒浪潮流遍了全身，他露出舒緩的表情；這一切妮可全看在眼裡，同時注意到他正集中心神，希望妥善解決這件事。

「我想知道妳為什麼要這麼做。」他問：「不，奧斯卡，你別走。」他明白奧斯卡一走，這件事會傳遍全世界。

「是什麼原因讓妳——」

「喔，閉嘴！」妮可厲聲打斷他。

「就算我吻了諾埃爾也沒什麼好大驚小怪的，那個吻完全沒有任何意義。」

她輕蔑地啐了聲：「我清清楚楚聽見你跟她說了什麼。」

「妳瘋了。」

他說得像是她真的瘋了，一時間她怒火中燒。

「你這個騙子！長久以來你都裝出一副正派嚴謹的樣子，顯得我很不莊重，結果這些時間裡你自己卻背著我偷吃那個小——」

她用了嚴重的字眼，而且，彷彿被那個字助燃了怒火般，她猛地往尼爾森坐的沙發椅躍身而去。他迅速抬起手來抵禦這次突襲，結果箕張的指關節敲到她的眼窩。此刻她的反應和十分鐘前的諾埃爾沒有兩樣，一手掩住側臉，癱坐在地板上啜泣。

「妳太過分了吧？」奧斯卡大吼。

「對。」尼爾森承認：「我想我是太過分了。」

「你去露臺冷靜一下。」

他扶著妮可來到長沙發，自己也一屁股坐下，握起她的手。

「振作點——振作點啊，寶貝。」他一遍又一遍地哄著：「妳當自己是誰啊——拳擊手傑克・鄧普西嗎？你不能隨便打法國女人呀，她們會告死妳。」

「他說他愛她。」她激動得喘不過氣：「她說，她會和他在老地方見面……他現在是去找她了嗎？」

「他在外面的陽臺上走來走去，像闖了禍的孩子一樣，對剛剛不小心打到妳感到抱歉，也為招惹諾埃爾・德洛尼感到抱歉。」

「噢，太好了！」

「有可能是妳聽錯了，逢場作戲嘛，算不了什麼。」

二十分鐘後，尼爾森忽然走了進來，跪坐在太太身旁。恪守「付出遠超過所得」原則的奧斯卡・丹恩先生則靜悄悄地退下，毫不戀棧地走向門邊。

又過了一小時，尼爾森與妮可手挽著手走出他們的別墅，緩步向下走往巴黎咖啡廳。他們沒開車，而是步行，像是希望重回他們曾經共度的單純，像是希望解開某個如今已無法視而不見的結。妮可接受了他的解釋，但不是因為相信他們的清白，而是因為她熱切希望自己還能夠相信他們。一路上兩人都非常安靜，對彼此感到抱歉。

這個時段的巴黎咖啡廳十分宜人，夕陽低垂，映入黃色遮雨棚與紅色陽傘，光彩流溢彷彿彩繪玻璃一般。妮可四周打量一陣後，看見今早偶遇的年輕女人。她身旁有個男人，而尼爾森隨即認出他們就是將近三年前在阿爾及利亞有過一面之緣的年輕夫婦。

「他們變了。」他評論道：「我想我們也是，但沒這麼誇張。他們滄桑得不像同年紀的人，他看起來過得太亂來了。淺色眼睛比深色眼睛更容易看出一個人有多放縱。那個女孩呢，就像他們說的——挺標緻的，但一張臉也同樣滄桑。」

「我喜歡她。」

「妳要我走過去問他們是不是同一對夫婦嗎？」

「不要！這像是孤單觀光客才會做的事。他們有自己的朋友。」

話才說完，就有人加入他們那桌。

「尼爾森，今晚怎麼辦？」片刻後，妮可試探地問：「你覺得發生這種事後，我們還能去高汀的晚宴露臉嗎？」

「我們不只能去，還一定得去。妳想，如果事情在晚宴上傳開了，我們卻不在，這個甜滋滋的話題就只能任他們愛怎麼說就怎麼說……喂喂！現在是什麼狀況——」

咖啡廳另一頭鬧起刺耳又暴力的騷動：有個女人尖叫出聲，同桌的人全都站起身來，波浪般前俯後仰，動作整齊得像是同一個人。接著，別桌客人也紛紛起身，向前推擠；一瞬間，凱利夫婦看見他們之前品頭論足的那個女孩，她滿臉慘白，表情因憤怒而扭曲。妮可驚惶起來，拉了拉尼爾森的袖子。「我想離開。我今天受夠了，帶我回家。每個人都瘋了嗎？」

回家的路上，尼爾森瞥了瞥妮可的臉，隨即意識到，他們恐怕去不成高汀的遊艇晚宴了。妮可的眼眶開始浮出瘀青，不言自明，也無可抵賴——到了晚上十一點，即使搬來全摩納哥的化妝品也遮掩不住這隻眼睛。他的心沉了下去，決定到家之前都不提這件事。

III

教理問答中一些明智的建議告訴我們，人應避免置身於罪惡的場合，於是凱利夫婦北上巴黎一個月後，他們開了份正經的清單，詳列哪些場所他們再也不涉足、哪些人他們從此敬而遠之。清單所列的地點包括一些著名酒吧、除了一兩家十足正派的夜間場所外所有的夜總會、形形色色開到清晨的俱樂部，以及各有其為「歡場」獨到之處的避暑勝地——這些「歡場」熱鬧歡騰、毫無節制——形成當季的主要重點。

他們還維持來往的人中，包括了四分之三他們兩年前拋下的舊識。他們恢復社交不是出於勢利心態，反而是為了保有自我，當然，他們心中也不是完全沒有一絲害怕的念頭，擔心自己會永遠斬斷與他人的往來。

但這個世界總愛刨根究柢，人之所以變得有價值，僅是因為他們拒人千里。他們發現，巴黎也有些人只對主流之外的群眾感興趣。他們首先認識的群體裡絕大多數是美國人，其中加入一小撮歐洲人作調味鹽；第二群則大部分是歐洲人，點綴些美國人作香辛料。後者才是所謂的「社交圈」，遍地開花的門路裡，總有一兩條通往最高端的後臺。後臺由一群身居高位、富可敵國的成員組成，天才人物稀罕得見，但所有人都無一例外地手握大權。他們沒去親近這些大人物，反而交了些性好低調的新朋友。尼爾森重拾畫筆；他弄了間工作室，兩人也一一拜訪布朗庫西、雷捷、德尚的工作室。看來，他們比從前更融入某部分的巴黎。每當有人說起哪場聚會格調不高，他們總輕蔑地拿自己頭兩年的歐洲生活解嘲，稱他們的舊識為「那群人」、「浪費你時間的傢伙」。

然而，儘管他們謹守自己訂下的規矩，他們還是經常在家宴客，或到別人家中拜訪。他們年輕、亮麗、聰明；他們漸漸知道什麼行得通、什麼行不通，隨之調整自己。還有，兩人天性大方，一般狀況下，他們樂於請客買單。

出外應酬，多半都得喝點小酒。妮可並不怎麼為此困擾，她淺嚐即止，生怕失去她優雅自在的風度、青春煥發的氣息，或是令人欽羨的光彩，但有點受挫的尼爾森發現自己越來越愛在這些小晚宴上作飲，喝得和放肆喧鬧的世界沒兩樣。他不是酒鬼，也沒有喝到教人搖頭或是整個人泡在酒裡的地步，但少了酒精的刺激，他就提不起勁出門社交。為了強化他認真負責的心態，妮可決定，都在巴黎生活了一年，是時候生個孩子了。

而會遇上齊奇・薩羅賴伯爵是場意外。他在奧地利法律界是個有頭有臉的老一輩人物，沒什麼錢，也不裝闊，但他在法國的社交及金融界有著堅實的人脈。他的妹妹嫁給了迪翁戴爾侯爵，侯爵除了是老牌貴族，在巴黎還是個成功的銀行鉅子。齊奇伯爵成天這兒飄那兒晃，毫不避諱地蹭吃蹭喝，跟奧斯卡・丹恩有點相似，只不過換了個圈子。

他對美國人有著強烈興趣；他巴著他們說的每句話不放，像是他們早晚會不小心鬆口說出賺大錢的神祕方法，那股積極的纏勁不由得教人同情。在一次不經意的會面後，他的興趣轉向凱利夫婦。妮可待產的幾個月裡，他持續到訪，凡是扯上美國的犯罪、俚語、金融、風俗，諸如此類的大小事他全有著不知疲倦的興趣。通常他會在午餐的時候到訪，沒別的地方好去時，他晚餐也登門不誤。他心懷感激，慫恿妹妹去探望妮可，吹捧一番後，連妮可也輕飄飄了起來。

他們說好妮可住進醫院待產時，會由他待在公館陪伴尼爾森——妮可並不贊成這項安排，因為他們兩個湊在一塊就是喝酒。但預定好的日子當天，他還是來了，還帶來一個消息。他的妹婿準備要在塞納河上開著名的遊船派對，凱利夫婦理所當然是座上客。更巧的是，派對預定在嬰兒出生後三星期舉辦。因此，在妮可住進美利堅醫院的同時，齊奇伯爵搬了進來。

嬰兒是個男孩。有那麼一陣子，妮可沒把任何人放在心上，毫不在乎他們的社經地位和價值。她甚至捫心自問，從前的自己是不是也整天裝模作樣。在這個一天要帶到她面前餵奶八次的新生命面前，所有事情都顯得不重要了。

兩星期後，她和嬰兒一起回到公寓，但齊奇和他的男僕還賴著不走。直到最近凱利夫婦才慢慢推敲出端倪，看來他只會待到妹婿的派對結束後，小倆口於是鬆了口氣，但公寓裡擠了太多人，妮可希望他最好快走。然而她又有個老派思惟，心想主人若要見客，想見的肯定都是上上賓，所以她還是接受了迪翁戴爾侯爵夫婦的邀請。

派對前一晚，她躺在貴妃椅裡聽著齊奇解釋當天的安排，這當然是他一手促成。

「每位賓客到場就得先喝下兩杯美式雞尾酒，才能登船——像是入場券。」

「但我想那些非常時尚的法國名流——福堡・聖・日耳曼等等——他們是不喝雞尾酒的。」

「噢，不過我們一家是很跟得上時代的，我們納入了很多美國習俗。」

「有誰會到？」

「所有人！巴黎的所有人！」

大名鼎鼎的人物一個個游過她眼前。隔天與醫師的談話中，她忍不住提起這件事。醫生眼中浮現驚訝和難以置信的神色，讓她有些不快。

「我沒聽錯嗎？」他咄咄逼人：「我剛才聽到您說，您明天要去參加舞會？」

「哎，對。」她難以招架：「不行嗎？」

「我親愛的女士，接下來兩週您不宜踏出屋子半步；之後的兩週，您也不許跳舞或做任何激烈的動作。」

「這太離譜了！」她大聲抗議：「孩子都生完三個禮拜了！愛斯特・瑟曼還去了美國，她才多久就——」

「別想著別人，」他打斷：「每個人的情況不同。您有些產後併發症，有必要嚴格遵守醫囑。」

「但我只不過想出門兩個小時，因為當然，兩小時後我就得回家照顧寶寶——」

「兩分鐘都不行。」

從醫師嚴肅的語調聽來，她明白，他說的對，但她拗得很，因此沒有告訴尼爾森自己的身體狀況，反倒推說她有點累，或許就不去了，當晚卻輾轉難眠，掂量著自己的失望和恐懼。她起身餵寶寶第一口奶，自忖著：「但我下了禮車再走個十步就有位子坐，而我不過就在那兒坐上半小時——」

最後一刻，一襲橫披在寢室沙發椅上的卡萊訂製亮綠色晚宴裙替她做了決定。她去。

登船板上的隊伍拖得老長，緩慢地移動著，魚貫上船的賓客們無不接受了接待員的挑戰，興高采烈地取過雞尾酒一飲而盡，但妮可意識到有地方不太對勁，自己一定誤會了什麼。在場沒有正式的迎賓列隊，連最陽春的也沒有，接著，向主辦人打過招呼後，尼爾森為她在甲板上找了張椅子，一坐下，她就不暈了。

她很慶幸自己究竟還是來了。船上弱不禁風的吊燈琳瑯滿目，與粉彩色的橋、星辰倒影，一同融進塞納河的柔波中，如同孩子夢中的《一千零一夜》情境。一群眼神飢渴的看客在岸邊聚集起來。香檳十瓶十二瓶地傳飲，乒乒乓乓的酒瓶像在軍事演練，同時音樂從上層甲板飄了下來，不覺吵鬧、突兀，反而像是糖霜一絲絲灑上蛋糕般輕軟。沒多久她就意識到了他們不是在場唯一的美國人——李德爾・邁爾斯夫婦就在甲板對面，他們已經有幾年不見了。

過去那群熟面孔一張張出現，令她感到一絲失望。會不會這根本就不是侯爵最好的派對？她想起在家初為人母的第二天，她問齊奇安排誰陪在她身邊，為她指引名人？她一連提了幾個她認為的適合人選，他的回答都模稜兩可，他們要不是出遠門了，就是晚點才到或不克出席。她的視線落向房間另一頭，似乎又看見那位上次在蒙地卡羅的巴黎咖啡廳吵鬧生事的女孩，但她不敢肯定，因為隨著船舶幾乎察覺不到的輕微晃動，她覺得自己又暈了起來。她請尼爾森帶她回家。

「當然，你可以馬上趕回來，不用等我，我一回家就會直接睡了。」

他將妮可的手遞給護士，護士扶著她上樓，迅速幫她換下衣服。

「我累得一點力氣都沒有了。」妮可說：「麻煩妳幫我把珍珠收起來好嗎？」

「在哪兒？」

「在梳妝檯上的珠寶盒裡。」

「我沒看到。」一分鐘後，護士回答。
「那就是在抽屜裡。」
在梳妝檯一陣徹底翻找後，還是一無所獲。
「但不可能不在那裡啊。」妮可想要坐起身來，卻又疲累不堪地倒了回去。「請妳再仔細找找，拜託，再找一次。所有東西都在裡頭——媽媽留給我的首飾，還有我的嫁妝。」
「抱歉，凱利太太，房間裡並沒有您所描述的物品。」
「把女僕叫醒。」
女僕一問三不知；接著，反覆詢問後，她確實有發現一些事情。夫人離開屋子半小時後，薩羅賴伯爵的男僕也跟著走了——還帶著他的行李箱。
尖銳又突然的痛苦讓她全身扭成一團，他們趕緊請來醫師陪在她身邊，對妮可來說，等待尼爾森回家的這段時間像是幾個小時這麼久。尼爾森到家時，臉色一片死白、眼神渙散。他直接走進她的房間。
「妳覺得怎麼樣？」他粗聲粗氣地問，隨即發現醫師在場。「哎，發生了什麼事？」
「噢，尼爾森，我噁心想吐，非常難受，而且我的珠寶盒不見了，齊奇的男僕也不見了。我已經報警了……或許齊奇會知道去哪裡找那個人——」

「齊奇再也不會走進這棟屋子了。」他緩緩地說：「妳知道那是誰的派對嗎？妳猜得到那是誰的派對嗎？」他爆出連串瘋狂的笑聲。「那是我們的派對——我們的派對，妳明白了嗎？是我們辦了這場派對——我們一無所知，但我們辦了一場派對。」

「Maintenant, monsieur, il ne faut pas exciter madame——（先生，夫人現在不宜激動——）」醫師說話了。

「侯爵早早回家的時候我就覺得有點怪，但直到最後我都沒有起疑。當然啦，因為他們只是賓客——是齊奇出面邀了所有人。派對結束後，宴會人員和樂師開始走上前來問我，他們的帳單要寄到哪裡，而那該死的齊奇竟然還有臉對我說他以為我早就知道了。他說他唯一承諾的只有這個派對會和他妹婿有關，還有他的妹妹也會出席。他說我大概是喝醉了，不然就是我不懂法語——說得像是我們沒和他說過英語以外的語言一樣。」

「別付錢！」她說：「我絕不會付錢！」

「我也這麼說，但他們準備要提告——船上的僱員，還有其他人。他們開口要一萬二。」

忽然間，她全身放鬆下來。「噢，我不管了！」她大叫：「我不在乎。我的首飾丟了，而且我病了，病了！」

IV

以上就是異國之旅的故事，而其中的地理元素請別等閒視之。在造訪了北非、義大利、里維拉、巴黎，還有其間過渡的幾站後，不出意外地，凱利夫婦最後應該去瑞士。瑞士是個鮮少有新鮮事，但有無數事物終結的國家。

儘管還有很多可供短暫落腳的選擇，凱利夫婦前赴瑞士是因為他們必得如此。在兩人結婚四年多一點的某個春日，他們來到位於歐洲正中心的湖畔——一個寧靜、令人微笑的景點，山坡田園旖旎、遠景群山環抱，湖水和明信片上一樣藍，湖面下的水則較為險惡，所有的苦難全拽著自己從歐洲的各個角落流向此處。欲振乏力，奄奄一息。這裡同樣有學校，同樣有年輕人在海水浴場潑水嬉鬧；這裡有囚禁了博尼瓦的地牢和喀爾文的城市，而拜倫和雪萊的鬼魂仍在不懈地漏夜航向昏黑的海岸；但等著尼爾森和妮可的只有林立的療養院和住宿旅館，這樣的日內瓦湖教人沮喪。

兩人的健康同時出了狀況，厄運緊追他們不放，但潛藏於命運之下的深切憐憫始終存在；躺在旅館陽臺的妮可，剛從兩次成功手術中緩慢恢復過來，而尼爾森正在兩哩外的醫院裡和黃疸搏命。儘管二十九歲還保有的充沛精力把他從鬼門關前拉了回來，眼前的幾個月，他也必須靜養。他們時常自問為什麼，為什麼這麼多人同樣在歐洲的表象中追尋滿足，但不幸偏偏找上了他們？

「我們的生命中有太多人了，」尼爾森說：「我們永遠沒辦法與他們抗衡。沒有別人的第一年，我們是多快樂啊。」

妮可同意。「如果我們可以永遠獨處——真的只有我們兩個——就多多少少能活出屬於自己的樣子。我們試試看吧，尼爾森，我們會試試看嗎？」

但總有些日子他倆都渴望找人作伴，只是對另一半說不出口。形形色色來自世界各國的胖子、瘦子、不是外表殘缺就是內心殘破的人塞滿了這間旅館，他們物色了一番，發現想從中找個值得交往的人似乎有些好笑。他們開始了新生活，每天拜訪他們的兩位醫師、收取巴黎寄來的信件和報紙、走一小段路來到山丘上的村莊，或者時不時搭纜車下到湖邊的灰白別墅，享受那兒的娛樂館、青草湖岸、網球俱樂部、觀光巴士。他們閱讀廉價小說，還有黃書封的艾德格•華萊士；每天固定一小時，他們會看著保姆幫寶寶洗澡；而一週裡有三晚，有個沒精神但耐性十足的管弦樂團晚餐後固定會在交誼廳裡演奏，這就是他們全部的生活。

有時，從湖對岸爬滿葡萄藤的山丘附近會傳來陣陣轟隆聲，這代表那頭正朝著挾帶冰雹的積雨雲發射大砲，努力從接近的暴風雨中保護好葡萄園；暴風雨來得又快又急，先是從天空一傾而下，緊接著山間的湍流二度傾瀉，聲勢滔滔地沖刷道路和石渠；黑魆魆的嚇人天空壓境而來，閃電像是燈絲一般忽明忽滅，後頭趕上的是彷彿要劈開世界的雷霆轟鳴，同時殘雲搶先疾風，先一步臨陣逃向旅館這頭。群山和湖泊徹底消失，天地間只剩下旅館獨自蜷縮在一片騷亂、混沌、黑暗之中。

就在這場暴風雨中，就在這打開門縫等於歡迎狂風暴雨肆虐大廳的光景中，凱利夫婦幾個月來第一次見到他們認識的人。他們和其他同樣精神耗弱的難民一同困坐在地下室裡，因此對新加入的兩人特別敏感——他們認作一對夫婦的男人和女人，他們最初在阿爾及利亞打過照面，從那之後，他們的道路又幾番交會。一個簡單又難以言喻的念頭閃過尼爾森和妮可的腦海。這只能說是命運的安排，至少，在與世隔絕的此時此地，他們應該要去認識彼此，凱利夫婦觀察著他們，發現他們也以同樣試探的眼神回望。然而，凱利夫婦想起了什麼，於是退縮了。他們不是才剛埋怨過，他們的生命中已經有太多人了嗎？

之後，風暴打起了瞌睡，轉為一場安靜的細雨，走上玻璃簷廊，妮可發現自己和那位女孩靠得好近。她假裝成在讀書的模樣，偷偷仔細地觀察她的臉。她一眼就看出這是張充滿好奇心的臉，多多少少善於算計；那雙眼睛，慧黠有餘但缺少平靜，匆匆簡單一眼掃過人們，就彷彿在是在衡量他們的價值。「糟糕的自我主義者。」妮可想著，心裡浮起一絲反感。其餘還有，她的雙頰慘白，兩眼下方掛著病懨懨的小眼袋；加上她纖弱的手臂、雙腿，林林總總湊在一塊，給人一種沒精打采的印象。她打扮得相當貴氣，但還是露出了點馬虎的破綻，像是不把旅館裡的其他人當回事一樣。

整體來說，妮可覺得自己不喜歡她；她慶幸沒和她搭話，但她相當意外自己之前在與她的人生道路上交會時，竟然沒看出這些跡象。

晚餐時她和尼爾森說了她的感覺，他同意她的看法。

「我在酒吧碰到那個男的，注意到我們同樣只點礦泉水喝，所以我本來打算說些什麼，話都到嘴邊了，但我後來從鏡子裡仔細看了他的臉，決定作罷。他的臉太虛弱、不知自制，幾乎顯得有些刻薄——那張臉妳一看就知道，他不先喝上半打睜不開眼，嘴巴也沒法好好正常張開說話。」

晚餐後雨停了，外頭夜色很美。凱利夫婦想大口呼吸新鮮空氣，因此閑步走下一片漆黑的花園；途中他們和不久前才在討論的話題主角擦身而過，而對方突然疾疾地轉進另一條岔路。

「我覺得他們不想認識我們的程度，比我們不想認識他們還高。」妮可大笑。

他們沿著野玫瑰叢與帶著濕甜的無名落瓣鋪成的花床一路逛去。在旅館下方，有座沿著坡度迤邐了一千呎的露天平臺，直抵湖畔。光彩耀動的湖面上有條項鍊，是蒙特勒和沃韋；那麼不搶眼的墜飾呢？是洛桑。湖對岸隱約閃動著的，是依雲和法國。從更下方的某處——很可能是娛樂館——傳來了清晰的舞曲聲——是美國人，他們猜，儘管他們已經好幾個月沒聽見美國曲子了，那像是從遙遠地方發出的遙遠回音。

一團烏雲在米迪峰之上築起了黑色大壩，那是撤退的風暴留下的殿後部隊，越過大壩，月亮升起，接著湖面亮了起來；音樂與遠方的光像是希望，像是魔幻的距離，即使隔著這麼遠，孩子還是看得見。在他們各自的心裡，尼爾森和妮可凝思起過去生命中一切都如此刻般美好的時光。她的手無聲地勾住他的臂膀，將他拉得更近些。

「我們可以全都重來一次。」她呢喃：「我們要試試看嗎，尼爾森？」

這時兩條黑晃晃的形影走進不遠處的影子下，往下方的湖面望去，妮可停下本來想說的話。

「我們只是不明白究竟怎麼了。」她說：「為什麼我們會一個接一個地失去平靜、愛、還有健康？要是我們知道原因，要是有人能告訴我們，我相信我們可以試著改變。我會很努力地嘗試。」

殘存的幾片烏雲慢慢高過了伯恩山。忽然間，風暴氣力放盡，做出最後一擊，西方瞬間燃出一道蒼白的閃電。尼爾森和妮可轉過身來，同時，另一對身影也轉過了身，一瞬間，夜晚明亮得像是白晝。接著黑暗再次降臨，遠處的雷聲低吼著餘威，妮可爆出了一陣尖銳、恐懼的叫聲；她投進尼爾森的懷抱，即使是在黑暗之中，她還是看得到他的臉，那張臉和她同樣灰白不安。

「你看見了嗎？」她用氣音大叫：「你看見他們了嗎？」

「看見了！」

「那是我們啊！那就是我們啊！你還不懂嗎？」

他們顫抖著相擁入懷。烏雲隱入黑沉沉的群山之中；寧靜的月光下，他們四周環顧了一陣，尼爾森和妮可明白他們終於只剩下彼此了。

兩個錯

Two Wrongs

刊登於《週六晚郵報》一九三〇年一月十八日。

原文篇名〈Two Wrongs〉，意思是以錯誤的方式回應別人犯的錯，都不會帶來好結果。這裡所描寫的是夫婦間的危機，正是現實中費滋傑羅夫婦身上所發生的事。史考特的外遇，和塞爾妲的不貞。可以說是一種「被逐出樂園」式的愛情故事。進而促成史考特酗酒，也加深塞爾妲的精神錯亂。

從這時候開始，費滋傑羅所寫的小說不容分說，在無可挽回的絕望之中，隱含受重傷的內心所滲出的獨特美。於是在《夜未央》這部長篇小說中，出色地化為結晶。

——村上春樹

I

「看看我這雙鞋。」比爾說：「二十八塊。」

布朗庫西先生看了。「帥喔。」

「訂做的。」

「我知道你是個大少爺。你叫我來不是就為了給我看鞋子吧，對吧？」

「我才不是什麼大少爺。誰說我是大少爺了？」比爾咄咄逼人：「就因為我的學歷比大多數搞劇場的高？」

「還有，像是呢，你又帥又年輕啊。」布朗庫西滑稽地說。

「當然——跟你比的話。那些女孩都覺得我肯定是演員，直到她們發現真相……有菸嗎？還有一點，我像個男人——比在時代廣場打轉的那些漂亮小伙子更像個男人。」

「帥。紳士。有雙好鞋。運氣不錯的傢伙。」

「你搞錯了。」比爾反駁：「我靠的是腦子。三年——做了九場戲——四場大賣——只有一場打水漂。你哪隻眼睛看到運氣？」

布朗庫西覺得有點無聊，就只是盯著他。他眼前的這位老兄——在他的眼神變得晦暗不明，開始神遊物外之前——是個春風滿面的年輕愛爾蘭人，渾身散發出侵略性與自信膽識，連他辦公室裡的空氣也濃厚得像充滿他散發出的氣息。沒多久布朗庫西就注意到，比爾會一面說話一面聽著自己的聲音，接著覺得不好意思，轉而插科打諢帶過——他的幽默有些盛氣凌人、尖銳，或像是個贊助藝術的大恩人，操著戲劇協會的知識份子調調。比爾・麥克切斯尼還拿捏不好兩者間的分寸，很少有人能在三十歲前收放自如。

「找艾姆斯、找霍普金斯、找哈里斯——這三個找誰都行。」比爾堅持：「他們在打我什麼主意？你怎麼啦？你想喝酒嗎？」——他注意到布朗庫西的視線在背面的牆櫃上飄來飄去。

「我早上從不喝酒。我只是在想是誰一直在那頭敲敲敲的。你應該叫他停下來。我每次都會被這種事搞得坐立不安，簡直快發瘋。」

比爾快步上前，甩開房門。

「沒人。」他說：「嘿！妳想幹嘛？」

「噢，我很抱歉。」有個聲音回答：「我實在很抱歉。我太激動了，沒注意到自己手裡拿著一枝鉛筆。」

「妳到底有何貴幹?」

「我想見您一面,但前檯說您在忙。我有一封艾倫・羅傑斯給您的信,就是那位劇作家——而我想要親自交給您。」

「我沒空。」比爾說:「去煩卡鐸那先生。」

「我找過他了,但他不是很樂意,還有,羅傑斯先生說——」

布朗庫西快忍不住發作,他迅速打量這位不速之客。她非常年輕,一頭美麗的紅髮,比起一進門的嘰嘰喳喳,她的表情更能展現出她的個性;布朗庫西先生沒想到,這是因為她出身於南卡羅萊納德拉尼。

「我該怎麼辦?」她問,悄悄把自己的未來交到了比爾手上:「我有封給羅傑斯先生的推薦信,後來他就寫了這封信,要我交給您。」

「是喔,那妳又想要我做什麼——娶妳當老婆?」比爾爆炸了。

「我希望能有機會在您的戲裡演出。」

「那就坐下來等吧。我忙得很……柯哈蘭小姐人呢?」他撳了撳桌鈴,又一臉不高興地看了看眼前的女子,接著關上辦公室的內門。然而,經過這番攪和,他心中突然湧上一股全新的情緒，等他重新和布朗庫西說上話，他已經換上了彷彿要和萊茵哈特一同攜手顛覆劇場界藝術未來的語調。

十二點半左右，他已經把所有事都忘得一乾二淨，除了即將成為全世界最棒的製作人，還有他和索爾・林肯有約，要和他說說這個好消息。他走出辦公室，滿懷期待地望著柯哈蘭小姐。

「林肯先生剛在一分鐘前來電。」她說：「他取消了和您的約會。」

「一分鐘前。」比爾不可置信地覆述了一遍：「無所謂。把他從星期四晚上的名單裡槓掉。」

柯哈蘭小姐在她面前的紙上劃了一條線。

「麥克切斯尼先生，您不會忘了我吧，您還記得嗎？」

他轉向紅髮女孩。

「我記得。」他回答得含含糊糊，接著對柯哈蘭小姐說：「算了，沒關係，問他星期四有沒有空吧。見他個鬼。」

他不想一個人吃午餐。他現在沒心情一個人做任何事，因為一個人只要有了名望和權力，與人來往簡直其樂無窮。

「如果您能撥出兩分鐘和我談談——」她說了起來。

「我現在恐怕沒空。」一瞬間，他意識到眼前的女孩是他這輩子見過最美的人。

他盯著她瞧。

「羅傑斯先生跟我說——」

「過來和我一起隨便吃點午餐。」他說，接著，他以十萬火急的氣勢給了柯哈蘭小姐幾個簡短又互相矛盾的指示，然後拉開大門。

他們站在四十二街上，他呼吸著自己搶先獨占的空氣——這空氣只夠同時分給少數人。十一月，本季首波令人振奮的熱門盛況告一段落，但他往東邊望去，看到電子招牌閃著他製作的一齣戲；轉向西邊，又是另一齣。街角的那齣戲則是他和布朗庫西合作推出的——這也是他最後一次和人合作，從此以後他只會獨力製作。

他們走進貝德福特餐廳，看見他大駕光臨，服務生和領班嗡嗡亂成一團。

「這間餐廳很有氣氛。」她說，半是驚豔，半是出於陪客的禮貌。

「這裡是蹩腳演員的天堂。」他向一些人點頭致意：「哈囉，吉米——你好啊，傑克……那位是傑克・鄧普西……我不太常來這裡吃飯。我平常都在哈佛俱樂部隨便吃吃。」

「噢，您以前念哈佛嗎？我曾認識——」

「對。」他猶豫了;他的哈佛經歷有兩種版本,忽然間,他決定對她說真的版本:「沒錯,那裡的人當我是鄉巴佬,但他們再也擺不出那副嘴臉了。大概一個禮拜前吧,我出城去長島,在古弗尼爾・海特那兒——他是個非常時髦的傢伙——有幾個紐約黃金海岸的小子不知道我混過麻州劍橋,竟然開口喊我『哈囉,比爾老弟』。」

他又猶豫了一會兒,忽然決定故事就說到這裡。

「妳想要什麼——一份工作?」他問。忽然間,他想起她的絲襪勾破了幾個洞。絲襪上的破洞總是教他觸動,教他心軟。

「對,不然我就得回老家了。」她說:「我想當舞者——呃,俄羅斯芭蕾。但舞蹈課都太貴了,所以我一定得找份工作。我想學好舞蹈,就有上臺亮相的機會了。」

「呃,妳想上臺跳踢踏舞?」

「噢,不是,我是認真的。」

「這個嘛,巴甫洛娃就是跳踢踏舞的,不是嗎?」

「噢,不是的。」她被這番褻瀆嚇壞了,但過一會兒她繼續說:「從前在老家的時候,我跟著坎貝爾女士學舞——喬治亞・柏莉曼・坎貝爾——您或許知道她。她的老師是內德・威伯恩，她真的很棒。她——」

「是嗎？」他出神地說：「好吧，這件事有點難辦——試鏡單位擠滿了人，哪個不是十八般武藝樣樣通，還是得等我點頭給他們機會。妳今年幾歲？」

「十八。」

「我二十六。四年前剛來到這裡的時候，連一毛錢都沒有。」

「哇！」

「我現在就可以不幹，然後舒舒服服地過下半輩子。」

「哇！」

「明年我要休假一整年——去結婚……妳聽過艾琳・莉可嗎？」

「我應該要先提起才是！她是我最喜歡的演員。」

「我們訂婚了。」

「哇！」

他們步出餐廳，走進時代廣場，一陣子後，他不經意地說：「妳現在要幹嘛？」

「哎，我在找工作。」

「我是說現在。」

「噢，我沒事。」

「妳想來我四十六街的公寓坐坐，喝杯咖啡嗎？」

他們的目光相遇，愛咪・娉卡下定決心，她可以照顧好自己。

比爾家是間寬敞明亮的開放式公寓，光是沙發就有十呎長，她喝了咖啡，他喝了高球威士忌，他的手臂環住了她的肩膀。

「我為什麼該吻你？」她問：「我幾乎不認識你，還有，你已經和別人訂婚了。」

「噢，那個啊！她不會在意的。」

「不，騙人！」

「妳是個好女孩。」

「嗯，但我絕對不是個白癡。」

「好吧，繼續當個乖女孩吧。」

她站起身來，徘徊了一會兒，渾身清新颯爽，沒半分沮喪。

「我想這代表您不打算給我工作了？」她愉快地問。

他的思緒已經飄到其他事情上了——接下來有場面試，還有彩排——但此刻他再一次看著她，發現她的絲襪上還是有著坑坑洞洞。他打了電話：

「喬，我是『公子哥』……你以為我不知道你私底下都這樣叫我吧？……別在意，沒事……嘿，你找到演派對那一幕的三個女孩了嗎？嗯，聽著，留個位置給我這兩天送過去的南方小妹。」

他得意洋洋地看著她，覺得自己怎麼可以人這麼好。

「哇，我真不知道該如何感謝您。還有羅傑斯先生。」她不怕死地加上一句：「再見囉，麥克切斯尼先生。」

他連回答都懶。

II

排演期間，他總是大模大樣地四處走動，掛著一副睿智的表情站著盯場，好像知道每個人心裡在想什麼一樣；但事實上，他沉浸在自己好運的霧霾裡，看進眼裡的不多，也沒有一刻掛在心上。他大部分的週末時間待在長島，與那群「拖他下水」的時尚名流為伍。要是布朗庫西說他是隻「交際花蝴蝶」，他會回答：「喔，那又怎樣？我不是念過哈佛嗎？你以為他們是在格蘭大街上的蘋果推車裡挑到我的嗎？像你一樣？」他在新朋友中很受歡迎，他長得好看、個性又好，還有，他是位成功人士。

與艾琳・莉可的婚約是他這輩子最不滿意的事；他倆老早就厭倦了彼此，卻又捨不得結束這段關係。就像時常發生的情況，鎮上最有錢的兩個年輕人會很自然地越走越近，只因為他們都是有錢人，比爾・麥克切斯尼和艾琳・莉可也是如此，他們並肩乘著成功的浪潮橫空出世，難以割捨彼此獲致成功的優秀資質。儘管如此，他們還是放任彼此越來越激烈、頻繁地爭吵，盡頭也跟著一天天近了。這時法蘭克・黎伊倫出現了，讓整件事情浮上檯面，他是個魁梧、帥氣的演員，在劇裡和艾琳演對手戲。比爾馬上懂了，說起這件事，他的幽默就變得刻薄；從排演的第二週起，空氣裡就充斥著緊張氣氛。

同時，愛咪・娉卡度過了一段快樂時光，她終於有錢吃餅乾配牛奶，還有一位朋友帶她出外吃晚餐。這位朋友伊斯頓・休斯也是德拉尼人，正在讀哥倫比亞大學，未來想當牙醫。他有時也會帶上一些同樣寂寞的牙科學生，愛咪付出了一點**代價**——如果可以這麼說——她在計程車裡不痛不癢地付出幾個吻，換來餓了有晚餐吃。有天午後，她在後臺出入口介紹伊斯頓給比爾・麥克切斯尼認識，之後比爾臉上露出藏不住的嫉妒，算是為他們的交情定調。

「我看，那個牙科小子是想糊弄我。聽我的，別讓他給妳吸任何笑氣。」

儘管他們不常打照面，他們的目光卻總離不開對方。比爾看著她，呆呆凝視了片刻，像是不曾見過她，接著才猛然想起，找她來只是為了看笑話。而當她看著他，眼前出現了好多景象——外頭陽光明媚，一大群人正匆匆忙忙地過街；有輛很好、很新的禮車在路旁等著衣著很好、很新的兩個人，他們坐進車裡，去了簡直和紐約一模一樣的地方，只是那個地方更遠，也更有趣。有好幾次，她真希望那時她吻了他，但也同樣多次，她慶幸自己沒這麼做；因為，隨著幾個禮拜過去，他變得越來越不浪漫，分身乏術，就像其他劇組人員一樣，為了表演的進展費盡心力。

他們將在亞特蘭大城首演。每個人都看出比爾的情緒忽然間變得不太穩定。他批評導演、挖苦演員。有謠言說，這是因為艾琳・莉可和法蘭克・黎伊倫搭了另一班車南下的緣故。總彩排當晚他坐在作者身旁，全場燈光一暗，他簡直成了反派角色；但他直到第二幕最後一句話也沒說，那時，舞臺上只剩下黎伊倫和艾琳・莉可，他忽然叫停：「我們這裡重來一次——然後給我拿掉那些廢話。」

黎伊倫往前走到腳燈邊上。

「你是什麼意思——拿掉那些廢話？」他問。「那些是臺詞啊，不是嗎？」

「你懂我的意思——做好你的工作。」

「我不懂你的意思。」

比爾站起身來。「我說的是那整段該死的嘀嘀咕咕。」

「哪來的什麼嘀嘀咕咕，我只是在問——」

「就是這樣——接著演下去。」

黎伊倫憤怒地轉過身，正準備繼續演下去，比爾清晰地補了句：「就算只會裝腔作勢也得把事情做好。」

黎伊倫跳了起來。「我不能接受你這樣說，麥克切斯尼先生。」

「怎麼不行？你就是裝腔作勢啊，不然呢？你哪時候因為自己只會裝腔作勢而不好意思過了？我想把這場戲做好，而我要你做好你的工作。」比爾站起身來，走下走道。「如果你辦不到，以後我叫你就和叫其他小弟沒兩樣。」

「喂，你給我注意你說話的方式——」

「你想怎麼樣？」

黎伊倫跳下樂池。

「我不會再對你忍氣吞聲了！」他大吼。

艾琳．莉可從臺上隔空勸架：「看在老天份上，你們兩個瘋了嗎？」跟著黎伊倫朝他揮出短截、有力的一拳。比爾向後凌空飛越了一排演奏席，摔上一張椅子，椅子應聲破裂，他陷在裡頭爬不起身。現場一陣大亂，先是有人架住黎伊倫，接著作者臉色蒼白地拉比爾起身，舞臺總監大喊：「要不要我宰了他，老大？要不要我打爛他的肥臉？」黎伊倫喘著粗氣，艾琳．莉可簌簌發抖。

「滾回去！」比爾大吼，他拿手帕掩住臉，在作者的攙扶下左搖右晃：「每個人都給我滾回自己的位置去！這幕重來一遍，不要廢話！給我滾回臺上，黎伊倫！」

所有人都糊里糊塗地聽話行事，艾琳拉住黎伊倫的手臂，快速地跟他說著話。有人把場裡的燈光開到最亮，又急急忙忙地再次調暗。不久後，愛咪在她那幕出場，她瞥見比爾坐在那兒，好幾條手帕像是面具般蓋住他血流不止的臉。她討厭黎伊倫，怕他們一拍兩散，整個劇組就得回去紐約。但比爾從他自己捅出的蠢事中救回了這場表演，他知道要是黎伊倫採取進一步行動，辭演不幹，會大大傷害他的職業聲望。第二幕結束了，沒有中場休息，下一幕緊接著開始。彩排結束時，比爾已經走了。

隔晚的公演期間，他坐在舞臺側翼的椅子上，人員上上下下一覽無遺。他的臉浮腫瘀青，沒人敢問他還好嗎，但他刻意表現出一副不在乎的模樣。中間他一度晃到臺前，回來時，已經有風聲說兩家紐約公司準備出高價買下這部戲。他有了一部火紅大戲——他們都有了一部火紅大戲。

愛咪看著他，覺得所有人都欠他好多好多，她心中湧上一股澎湃的感激之情，於是走上前去向他致謝。

「我挑人的眼光不錯吧，紅髮的。」他笑著同意。

「謝謝您選了我。」

忽然間，愛咪太過感動，未經思考就脫口而出。

「您把自己的臉傷得好慘！」她驚呼。「噢，我覺得您昨晚沒讓一切搞到不可收拾真是太勇敢了。」

他仔細看著她好一會兒，試著在浮腫的臉上擺出挖苦的笑容，卻做不到。

「妳佩服我嗎，寶貝？」

「是啊。」

「就算我整個人摔進椅子裡，妳還是佩服我？」

「您一下就讓所有事情重回掌握之中。」

「妳真是支持我。在一團亂七八糟的蠢事裡，妳還是找到了值得佩服的地方。」

她的心中浮現幸福的泡泡，「總之，您表現得真是太棒了。」她看起來是那麼清新年輕，經歷了昨天的不快後，比爾只想把自己浮腫的臉頰輕輕貼上她的俏臉。

隔天早上，他帶著瘀青和欲望回到紐約；瘀青漸漸褪去，但欲望蠢蠢欲動。戲在城裡開演後，沒多久他就看到其他男人圍繞著她的美貌打轉，漸漸地，對他來說，她代表了這齣戲的成功，他走進劇院就是為了看她。這檔戲在叫好叫座中下檔了，一如那些反應不佳的觀眾評價，他喝得最凶、最需要人陪的日子也總是會過去。六月初，他們在康乃狄克州閃電結婚。

III

兩個男人坐在倫敦薩伏依餐廳裡，等著七月四號到來。時間來到了五月尾聲。

「這傢伙是好人嗎？」賀伯問。

「好得呱呱叫。」布朗庫西回答：「好得很、帥得很、受歡迎得很。」過了一陣子，他補上一句：「我想把他帶回國去。」

「這就是我不懂他的地方。」賀伯說：「這裡的戲劇產業和國內完全沒得比。他待在這裡是為了什麼？」

「他可以和一大群公爵、夫人來往啊。」

「噢？」

「上禮拜我遇到他的時候，他身邊有三位夫人——某甲夫人、某乙夫人、某丙夫人。」

「我以為他結婚了。」

「結婚三年囉。」布朗庫西說：「生了個漂亮的孩子，下一個也快出生了。」

麥克切斯尼一進門他就止住了話。他穿著方肩長版外套，領子上方是張非常典型的美國面孔，毫不畏懼地四下張望。

「哈囉，麥克。這是我朋友賀伯先生。」

「你好。」比爾說。他坐了下來，繼續環視酒吧，看看這裡有誰。幾分鐘後賀伯離開了，比爾問：

「那傢伙是誰？」

「他才剛來不過一個月，還沒拿到半個頭銜。記著，你在這兒已經待了六個月了。」

比爾笑了。

「你覺得我是個巴結貴族的勢利眼，對吧？嘿，好歹我不會自己騙自己。我喜歡頭銜，頭銜很棒，我滿想當個麥克切斯尼侯爵的。」

「那你不妨再多喝點，夢裡什麼都有。」布朗庫西建議。

「閉上你的鳥嘴。誰說我在喝酒了？現在外頭都在這麼傳嗎？聽著；要是你說得出劇場史上哪個美國經理人能夠在倫敦只花不到八個月就和我一樣成功，我明天就跟你回美國。如果你只是要跟我說——」

「你做的都是自己從前的老戲。你在紐約失手了兩檔。」

比爾站起身來，臉色變得嚴峻。

「你以為你算老幾啊？」他質問：「你跑來這裡就為了用這種方式跟我說話？」

「你先別發火，比爾。我只是希望你能回來。為了這件事，要我說什麼都行。你只要像

二二、二三年那時一樣，成功個三季，你的人生就重回軌道了。」

「紐約教我噁心。」比爾怏怏地說：「前一分鐘你還是國王；接著你不過做壞兩檔戲，他們就開始到處說你走下坡了。」

布朗庫西搖了搖頭。

「這不是他們說閒話的原因，是因為你和阿朗斯托大吵了一架，他是你最好的朋友。」

「朋友個鬼！」

「就說是你最好的事業夥伴吧。還有——」

「我不想再討論下去了。」他看了看自己的錶。「聽著，愛咪不太舒服，所以今晚我可能沒辦法和你一起晚餐了。上船前你過來一趟辦公室吧。」

五分鐘後，布朗庫西站在香菸攤前，看見了比爾又走進了薩伏依飯店，步下通往茶室的樓梯。

「長大囉，成了大外交家啦。」布朗庫西想：「他以前有約就說有約。成天和那些公爵、夫人混，把他打磨得比以前更加滑溜囉。」

或許他有一點受傷，儘管他不是容易受傷的調調。無論如何，他馬上得出結論：麥克切斯尼正在走下坡；在這個時機點，把麥克切斯尼從心中永遠抹去才是他的調調。

沒有任何外在跡象看得出比爾正在走下坡；新河岸劇院迴響熱烈，威爾斯親王劇院好評如潮，每週海灌進來的收益幾乎相當於兩、三年前在紐約時的水準。唯有不怕離開熟悉的環境，才稱得上真正的行動派。這位充滿二十八、九歲人活力的行動派呢，一個小時後回到他海德公園附近的家中吃晚餐。愛咪躺在二樓起居室的長沙發上，渾身疲倦、手腳不便。他將她摟進臂彎裡好一陣子。

「就快結束了。」他說：「妳好美。」

「別說傻話。」

「是真的。妳總是那麼美。我不知道為什麼。或許是因為妳很堅強，即使像現在這個樣子，妳的臉還是一如既往地勇敢。」

她很開心；她的手順過他的頭髮。

「堅強是全世界最棒的東西。」他宣稱：「而妳比我認識的任何人都來得堅強。」

「你見到布朗庫西了？」

「是啊，那小臭蟲！我決定不帶他回家吃晚餐。」

「發生什麼事了？」

「噢，那眼睛長在頭頂上的傢伙——淨說我和阿朗斯托吵架那回事，講得好像是我的錯一樣。」

她猶豫了一會兒，緊緊抿嘴，接著小聲地說：「你會和阿朗斯托吵起來是因為你一直在喝酒。」

「妳是不是又要開始——」

「沒，比爾，但你現在真的喝太多了。你自己知道。」

他明白，她是對的，但他閃過了這個話題，兩人走進餐廳晚餐。一瓶紅葡萄酒下肚後，他面泛紅光，下定決心明天就開始戒酒，在嬰兒出生前滴酒不沾。

「我總是說停就停，不是嗎？我一向說到做到。妳只是還沒見過我戒酒的樣子。」

「是沒見過。」

他們一起喝了咖啡，隨後他站起身來。

「早點回來。」愛咪說。

「噢，當然……怎麼啦，寶貝？」

「我只是想哭。別管我。噢，快去吧；不要像個大白癡一樣傻傻站在那兒。」

「但是我會擔心啊，一定會吧？我不喜歡看到妳哭的樣子。」

「噢，我不知道你今晚要上哪去；我不知道你會和誰在一起。那個西碧兒・康布林夫人一直打電話來。你們沒什麼，我猜，但我晚上會一個人醒來，覺得自己好孤單，比爾。我們總是在一起，不是嗎？直到最近？」

「但我們還是在一起啊……妳到底怎麼啦，愛咪？」

「我知道——我只是瘋了。我們從沒有讓對方失望過，對吧？我們從沒有……」

「當然沒有。」

「早點回來，有辦法脫身就回來。」

他望著威爾斯親王劇院好一陣子，接著走進隔壁飯店撥了個號碼。

「請幫我接給夫人，就說麥克切斯尼先生找她。」

等了好一陣子西碧兒夫人才應聲：

「真是受寵若驚啊。我上次有幸接到您的來電，也許已經是好幾個星期前的事了。」

她的聲音就像鞭子一樣捉摸不定、像插電的冰箱一樣冷，自從英國女士學會拿文學腔調湊合自己的說話方式，慢慢地大家也習慣了。比爾曾經很吃這套，但也只有短短一陣子。他得保持鎮定。

「我擠不出時間。」他輕描淡寫地解釋：「妳不會生氣了吧，有嗎？」

「我想『生氣』兩個字恐怕言重了。」

「我怕妳可能不太高興，妳沒有發給我今晚去妳派對的邀請函。我以為說開了以後，我們都可以——」

「你說了很多。」她說：「可能有點太多了。」

忽然間她就掛了電話，比爾嚇了一大跳。

「竟敢對我擺英國佬的臭架子。」他想：「我要把這齣幽默短劇取名叫**《有一千個伯爵老爸的女兒》**。」

這頓奚落教他振作了起來，夫人的冷漠重新燃起了他逐漸降溫的興趣。通常，女人會原諒他變心，因為誰都看得出他忠於愛咪，幾位不同女士想起他時，都帶著似愁非愁的嘆息；但他在電話裡沒捕捉到類似的嘆息聲。

「我得好好收拾這爛攤子。」他想。要是他出門時穿著晚禮服，或許還能若無其事地在跳舞時走進去，找機會和她說個明白，但他還是不想回家。經過一番考慮，他認為解開這個誤會似乎是當務之急，然後他被自己不妨穿著這身衣服赴會的主意逗樂了；美國人不看場合穿著總是會得到原諒的。無論如何，時間還早。接著，在幾杯高球相伴下，他前後琢磨了一個小時。

午夜時分，他走上西碧兒夫人位於梅費爾的宅邸臺階。衣帽間的服務生睜大了眼睛檢查他的粗花呢外套，暗暗搖頭，男僕仔細掃視了賓客名單，還是找不到他的名字。幸運地，他的朋友亨佛利・鄧恩爵士同時到場，拜他所賜說服了男僕，其中一定是出了什麼岔錯。

走進屋內，比爾馬上四下尋找女主人。

她是位非常高䠷的年輕女人，有一半美國血統，但比英國人更像英國人。從某種意義上來說，她早就發現到比爾・麥克切斯尼了，他散發出的強烈魅力教他無所遁形；自從她學壞以來，沒遇過像他這樣抽腳就跑的男人，這是她最羞辱的經驗之一。

她和丈夫站在迎賓列最前方——比爾從沒見過他們兩人同場。他決定找個不那麼正式的時機再現身。

迎賓流程沒完沒了地進行，他身體越來越不舒服。他看見幾個認識的人，但不多，他也發現自己的穿著招來了一些目光；同時，他也注意到西碧兒夫人看見他了，大可幫他化解難堪，但她毫無表示。他後悔自己來了，但現在撤退未免太可笑，他走向自助餐檯，拿起一杯香檳酒。

當他轉過身來，她的身邊終於沒有旁人，他正準備向她走去時，管家開口了：

「不好意思，先生。請問您身上帶著請柬嗎？」

「我是西碧兒夫人的朋友。」比爾不耐地說。他往前邁步，但管家跟著不放。

「很抱歉，先生，但我恐怕得請您借一步說話，一同釐清狀況。」

「沒那個必要。我正要親自問問西碧兒夫人現在是什麼狀況。」

「我得到的指示不是這樣，先生。」管家堅定地說。

接著，在比爾意識到怎麼回事以前，他的雙臂被悄悄地從兩旁抵住，接著被押進自助餐檯後頭的一間小接待室。

他在房裡面對一位戴著夾鼻眼鏡的男人，他認出對方是康布林夫婦的私人祕書。

祕書向管家點點頭，說：「就是他沒錯。」於是比爾獲釋。

「麥克切斯尼先生。」祕書開口：「您似乎未攜請柬就擅闖本邸，現在大人要求您立刻離開他的宅邸。請問您方便給我您的大衣寄條嗎？」

比爾明白了過來，接著他的雙唇間蹦出了一個此刻他覺得唯一適合形容西碧兒夫人的字眼；

於是祕書向兩位男僕打了個手勢，一陣憤怒的掙扎後，比爾被左右挾著走過備餐室，裡外奔忙的打雜男孩停了下來注視著這幕，接著走過一道長廊，跟著被推出門外，跌進黑夜。門關上了；不一會兒門開二度，他的大衣鼓著風往前飄去，手杖鐺鐺鐺地滾下臺階。

他怔怔站在那兒，千頭萬緒，嚇傻了，這時一輛計程車在他身旁停下，司機喊說：「身體不舒服嗎，老闆？」

「什麼？」

「我知道你可以去哪裡提提神，老闆。永遠不嫌晚。」

打開計程車門就像是走進一場惡夢。夢裡有在打烊時間照開不誤的豔舞歌廳；有不知從哪兒撿上車的兩位陌生人；有爭執，有他試著要兌開支票，還有他忽然一遍又一遍地聲稱，他就是名製作人威廉・麥克切斯尼，暱稱比爾，但沒人相信是真的，就連他自己都不信。他原先覺得要緊的是馬上殺回西碧兒夫人面前，跟她要個說法；但一會兒過去，什麼事都不重要了。計程車開到了他家門口，他癱在車裡，司機正想辦法搖醒他。

他進門時電話持續響著，但他舉步維艱地走過女僕身邊，一隻腳踩上樓梯才聽見她的呼喚聲。

「麥克切斯尼先生，醫院那邊又打來了。麥克切斯尼太太在醫院，他們每小時就打一通過來。」

他把話筒拿近耳邊，頭還暈個不停。

「這裡是中土醫院，我們打來通知您令夫人的狀況。她於今晨九點產下一名死胎。」

「等等。」他的聲音乾澀粗嘎。「我不懂。」

過了一會兒他才明白，愛咪的孩子死了，而她需要他。他拖著垂軟顫抖的膝蓋，沿街找計程車。

房裡一片昏黑，愛咪躺在凌亂的床裡，抬眼見到了他。

「你來了！」她大喊：「我還以為你死了！你跑到哪裡去了？」

他在她床邊雙膝跪下，但她別過頭去。

「噢，你好臭。」她說：「臭到讓我想吐。」

但她的手依然勾在他的髮裡，他一動不動地跪在那兒，良久良久。

「我對你失望透頂。」她喃喃自語：「但我只要一想到你是不是死了，就覺得好可怕。每個人都死了。我希望我也死了。」

風吹開了窗簾，在他起身整理的同時，透過上午飽滿的陽光，她完整看清了他：蒼白、憔悴，衣服皺巴巴的，滿臉掛彩。這次，她恨他更甚於那些弄傷他的傢伙。她幾乎可以感覺得出他一點一點地溜出了自己的心，幾乎感覺得出他留下的空隙，而就在一瞬間，他消失得無影無蹤。此刻，她甚至能夠原諒他，能夠同情他。

一切都來得太快。

她一個人在醫院門前努力爬出計程車，不小心跌了一跤。

IV

愛咪的身體與精神都恢復得差不多後，腦海裡不斷縈繞著學舞的念頭；南卡州喬治亞．柏莉曼．坎貝爾女士為她澆灌的舊夢像是條敞亮的大道，通往她最初的青春，還有往昔那些充滿希望的紐約歲月。對她來說，芭蕾舞意味著巧妙結合曲折婀娜的雕像姿以及大方優雅的軸轉，這些技巧從從義大利向外傳開，經過幾百年的發展，在本世紀初的俄羅斯達到巔峰。她想獻身給一件如今還能相信的事，在她眼中，芭蕾就是女人對音樂的詮釋；不需要有力的手指，我們有肢體；用肢體，就能演繹柴可夫斯基和史特拉汶斯基；雙腿在《仙女們》中的表現，就像歌聲在《尼伯龍根的指環》裡一樣震動人心。這行的地，介於耍雜技的和訓練有素的海豹之間；而這行的天，是巴甫洛娃和藝術。

他們一回到紐約，找了間公寓安頓下來，她就像個十六歲女孩似的一頭栽進她的功課——每天四小時的扶把練習、雕像姿、跳躍、阿拉伯姿、軸轉。這成了她生活中最真實的部分，唯一教她煩惱的是，不知道自己會不會太老了。二十六歲的她，還有十年時間迎頭趕上，但她確實是個天生的舞者，婀娜的體態——以及那張可愛的臉蛋。

比爾鼓勵著她；等她準備好，他就要圍繞著愛咪，打造第一齣「真正」的美國芭蕾劇。有時他甚至嫉妒起全心投入的她；回國以後，他幹起老本行要比從前困難多了。一方面，他在早年的日子裡自視甚高，樹敵眾多；到處流傳著他的浮誇故事，像是酗酒無度，還有他多會刁難演員，又有多難共事等等。

經濟狀況也和他作對，他一向沒辦法存錢，為了做好每部戲，他得四處乞求金援。同樣奇怪的是，他確實有才能，像是他敢於冒險投入一些非主流作品來證明自己，但他背後沒有戲劇工會撐腰，他丟進水裡的錢紛紛回頭找他追討。

有幾部戲成功了，但和他付出的努力不成正比——至少看上去是如此，不規律的生活開始要他付出代價。他總是想暫停一陣子，或乾脆永遠戒掉一根根抽個不停的菸，但此刻眼前有著那麼多挑戰——許多闖出名堂的新人冒出頭來，他們的戲怎麼做怎麼賣——除此之外，他也還不習慣規律生活。他靠著黑咖啡提神，喜歡工作起來就一口氣衝刺到底，對做戲劇這行的人來說，這習慣似乎無可避免，但卻為一個年過三十的男人帶來很大的負擔。某種程度上，他越來越依賴愛咪充沛的健康活力。他們總是在一起，有時他會隱約不滿，覺得自己似乎變得越來越依賴她，更甚於她依賴自己，但這時他心裡總會浮現出希望，等到下個月、下一季，他就要時來運轉了。

十一月的某天晚上，愛咪從芭蕾學校回家，甩著她的灰色小包包，拉下帽沿罩住濕漉漉的頭髮，放任自己沉浸在快樂的想法裡。這一個月來，她注意到許多人來練習室是專程為了看她——她準備好上臺跳舞了。她也曾經同樣全心地只為了一件事——她與比爾的關係——努力過好長一段時間，想不到最後攀上的竟是不幸與絕望的高峰。但如今，除非她辜負自己，否則前方再也沒有什麼阻礙了。即使是現在，她全身還是像是起了疹子般發癢，想著：「機會來了。我會快樂起來的。」

她急忙進屋，有件今天發生的事她一定要和比爾好好商量。

「聽我說件好事！」她的聲音大得和澡盆的放水聲有得比：「保羅・馬可瓦這季想邀我和他一起跳大都會劇院的舞碼；但事情還沒定下來，所以是個祕密——就連我也還不該知道這件事。」

「很好啊。」

「唯一的考量是，不知道對我來說初次登臺安排在國外會不會比較好？總之，唐尼洛夫說我準備好面對觀眾了。你覺得呢？」

「我沒意見。」

「你聽起來不是很熱中。」

「我心裡有事，等等再告訴妳。繼續說吧。」

「我說完了，親愛的。如果你還是想去德國待一個月，像你之前說的，唐尼洛夫可以在柏林幫我安排首次登臺的場次，但我比較想留在這兒和保羅・馬可瓦一起跳首演。你想像一下——」

她在這裡打住，高昂的情緒稍微緩和下來，才後知後覺地發現到他根本心不在焉。「跟我聊聊你心裡有什麼煩惱。」

「我今天下午去看了肯斯醫生。」

「他怎麼說？」她的心還在唱著屬於自己的幸福曲調。比爾三不五時就懷疑東、懷疑西，擔心自己身體出了什麼狀況，她早就見怪不怪了。

「我和他說了今天早上吐血的事，然後他和去年說的一樣——很可能是我喉嚨的血管有些小破損。但因為我咳個不停，又很焦慮，或許照個X光，把狀況搞清楚比較保險。所以呢，我們把狀況搞得清清楚楚。我的左肺幾乎整個不見了。」

「比爾！」

「幸運的是，另一邊沒有斑點。」

她怕得發慌，等著他說下去。

「這毛病來得不是時候。」他冷靜地繼續說下去：「但該面對的還是得面對。他認為我該去阿第倫達克，或者丹佛過冬，他覺得丹佛比較好。要是我照做，五、六個月內相當有可能好轉。」

「我們當然得去——」她忽然停住。

「我並不打算要妳跟著去——尤其是如果妳有了這麼好的機會。」

「我當然會一起去。」她說得很快：「你的健康第一，我們無論去哪裡總是在一起。」

「噢，別這樣。」

「哎，這不是理所當然嗎？」她的聲音透出堅強、決絕。「我們總是在一起。沒有你，我一個人沒辦法待在這兒。你什麼時候必須出發？」

「越快越好。我進城去找了布朗庫西，想知道他願不願意接手里奇蒙的作品，但他看起來興趣缺缺。」他的臉嚴峻起來。「當然，我暫時不會再接戲了，但之後我會做個夠，把欠債——」

「噢，要是我也有在賺錢就好了！」愛咪大喊：「你工作得那麼辛苦，而我每個禮拜在自己身上花兩百塊，只為了上芭蕾課——我一整年都賺不到這麼多錢。」

「六個月內我一定會變得跟以前一樣健康——這是他說的。」

「當然，親愛的，我們會照顧好你的。我們越快動身越好。」

她伸出雙手抱著他，親了親他的臉頰。

「我真是隻大寄生蟲。」她說：「我早該注意到我親愛的身體不舒服。」

他反射地想掏菸，接著停下手來。

「差點忘了——我得開始戒菸了。」他忽然間恢復了鎮定：「不，寶貝，我決定一個人去。妳在那邊會無聊得發瘋，而我也會一直想，是我讓妳沒辦法繼續跳舞。」

「不要想些有的沒的，重要的是你要趕快好起來。」

隔週，他們繼續一小時接一小時地討論這件事，兩人什麼都說，就是不說真話——其實他希望愛咪陪自己一起去，而她熱切希望留在紐約。她語帶保留地和芭蕾老師唐尼洛夫說起這件事，接著發現，他覺得此刻哪怕停下一步，都是嚴重的錯誤。看著其他芭蕾學校的女孩們正計畫如何過冬，她覺得若是要走不如叫她去死，所有她不情不願的痛苦跡象，比爾全看在眼裡。有一陣子，他們說起不如折衷，去阿第倫達克，這樣她就可以在週末搭飛機過來，但他現在開始發起了低燒，而西部是他唯一的選擇。

比爾在一個陰沉的星期天夜裡，帶著他那粗糙的滿滿正義感，把一切收拾妥當，這股氣魄在一開始教她欽佩，也因此，身處逆境的他更顯淒涼，在不可一世的成功事業中，他總是苦苦忍耐：「是我自作自受，寶貝。會搞到這步田地是因為我沒半點自制力——看來我們家的自制力全在妳身上了——現在能把我拉出泥沼的，也只有我自己了。妳這三年來辛辛苦苦地投入事業，妳的機會是自己努力來的——如果現在要妳過去那邊，妳一輩子都會怪我的。」他笑了。「我承受不起啊。還有，這對孩子也不好。」

最終，她放棄了，她為自己感到羞愧、悲哀——還有開心。她這行的世界，只有她沒有比爾，對她來說，要比兩人同時存在的世界還要來得更大。有更多空間為一個人高興；而沒有空間為另一人遺憾。

兩天後，他買好當天下午五點的車票，兩人共度最後的幾個小時，說著一切充滿希望的事。她還在抗議，而且是真心地抗議；如果他有片刻變得更加虛弱，她肯定就跟著一起去了。但這場衝擊不知怎麼地改變了他，而他在衝擊之下展現出這幾年來從沒有過的堅強。或許，獨自一人解決病厄對他是件好事。

「春天見！」他們異口同聲地說。

在火車站，小比利也在，比爾說：「我討厭死氣沉沉地說再見。就送我到這兒吧。火車開動前我還得從車上打幾通電話。」

六年來他們從未分開超過一晚，除了愛咪獨自一人在醫院那天；除了起初在英國的一些日子。他們在外有著對彼此忠誠、溫柔的好名聲，但私底下她不斷提心弔膽，對於自己缺乏安全感又愛逞強時常不開心。他一個人走過票口後，愛咪為他還有電話要打感到開心，試著拍下他打電話的模樣。

她是個好女人，全心全意地愛著他。當她步出車站，走進三十三街，街道有一會兒就像真的死透了一樣，公寓是他付錢租下的，裡頭卻少了他，而她人在這兒，即將要做些會讓自己開心的事。

走過幾個街區後她停下腳步，想著：「哎，這太糟糕了——我到底在幹嘛！我像自己聽過最糟糕的爛人一樣讓他失望。我就這麼輕輕鬆鬆丟下他，然後去和唐尼洛夫還有我喜歡的保羅・馬可瓦吃晚餐，他好美，有著同樣顏色的眼睛和頭髮。而比爾一個人在火車上。」

她忽然拉著小比利迅速轉身，一副像是要走回車站的模樣。她像是看得見他坐在車裡，臉色蒼白、疲倦，身旁沒有愛咪。

「我不能讓他失望。」她在心裡大喊，感傷的情緒一波波漫過。但也僅止於感傷了——他不也曾讓她失望過嗎？——他在倫敦的所作所為，不也是他想要的嗎？

「噢，可憐的比爾！」

她佇立原地，柔腸百轉，在最後片刻的真心裡認識到，她很快就會忘了這件事，然後為自己的行為找出藉口。她得努力翻倫敦的舊帳，良心才過得去。但此刻比爾孤單地坐在火車上，要是任由自己一直往這個方向想也太糟糕了。即使是現在，她還是來得及轉身回到車站，告訴他，她來了，但她內裡那股強壯非常的生命力撐住了她，她繼續等著、等著。她駐足之處的人行道相當狹窄；不久後，一大波人潮從戲院湧出，沿街氾濫，而她和小比利就這麼淹沒在人群之中。

火車上，比爾直到發車前幾分鐘都還在打電話，盡可能地推遲自己回到臥鋪車廂的時刻，因為他幾乎可以肯定，他不會在那兒找到她。火車開動後，他走回車廂，當然，除了放進置物架的包包，還有幾本座椅上的雜誌，那裡一無所有。

他接著明白，自己失去她了。他不抱任何幻想地預見了事態的發展——這個保羅・馬可瓦，這幾個月的親近，加上孤單——此後一切再也不會和從前一樣了。他讀著《綜藝》雜誌和《濟特》週報，一面重頭到尾地思考了好長一段時間，他開始有個感覺，似乎每次他從閱讀回到思緒中，不知為何愛咪就像是死了一樣。

「她是個美麗的女孩——數一數二地美。她很堅強。」他無比清楚地認識到，是他為自己帶來這個下場，有某種自然的因果法則在背後運作。他也同樣了解到，因為離別，他才又一次變得和她同樣堅強；到頭來，一切只求不負不欠。

他感覺自己超脫了一切，甚至超脫了個人的悲傷，自己被抓在某隻巨手裡的感覺，幾乎教他感到放鬆；有些疲倦，有些沒信心——從前的他連一刻也無法忍受兩者——前往西部，奔向命定的死亡此刻看來並沒有那麼可怕。他確信，愛咪最後一定會來的，無論那時她正在做什麼，或是眼前有個多棒的約。

瘋狂星期天

Crazy Sunday

本篇刊登於《美國信使》（*American Mercury*）雜誌 一九三二年十月號。

如今被視為費滋傑羅的短篇名作之一，當時曾被超過十家的雜誌拒絕刊登，只有在《美國信使》這不太有名的雜誌上，終於得見天日。只因費滋傑羅堅持拒絕修改情節和刪減篇幅。

這篇作品，費滋傑羅取材於一九三〇年代初，他在好萊塢工作時所經歷過的幾件事。據說費滋傑羅在女明星諾瑪・希拉（Norma Shearer）與她的丈夫、即電影圈的大人物：製片人歐文・托爾伯格（Irving Thalberg）所主辦的派對上，犯了和主角同樣的錯。無法壓抑的炫耀欲望，是他個人的罩門。

——村上春樹

I

星期天——與其說是一天，倒不如說是夾在前後兩天之間的空隙。在這之前一週，他們所有人要面對的，是片廠布景和連續鏡頭拍攝，是在左搖右晃的麥克風收音臂下等待的漫長時光，是一天內驅車幾百哩穿梭郡縣來回奔波，是會議室裡的爭勇鬥智，是沒完沒了的妥協，是為生活拚搏的人與人間交織出的衝突緊張。終於，星期天來了，個人生活再度展開，前一天下午他們還呆滯無神的眼裡，如今紛紛亮起興奮的光芒。隨著時間緩緩流逝，他們就像是玩具店裡的「玩偶仙女」般醒了過來：角落響起熱烈的談話聲、一對對情侶避人耳目地躲進廊間，摟著脖子接吻。這感覺就像是在說：「快啊，現在為時未晚，但看在上帝的份上可別拖拖拉拉，四十小時的幸福空檔一眨眼就沒啦。」

喬爾．寇斯正寫著分鏡腳本。好萊塢還沒來得及摧殘二十八歲的他。六個月前，初來乍到的他得上了普遍認為的好差事，而他也滿腔熱忱地一部部交出分場大綱與剪接腳本。他對外謙稱自己是拿錢辦事的三流寫手，但心裡卻不真的那麼想。他的母親從前有過一段輝煌的演員生涯；因此喬爾的童年不是在倫敦就是在紐約度過，同時一面試著區分出什麼是真的，什麼是假的，或者，起碼能理出頭緒，猜出所以然來。他是個漂亮男人，生著一對討喜的牛褐色眼珠，一九一三年，他母親也是用一雙眼睛，注視臺下的百老匯眾生。

接獲邀請時，他終於確信自己混出點名堂來了。星期天他通常不出門，不碰酒，繼續做著帶回家的工作。最近上頭交代給他一部尤金・歐尼爾的劇本，而預定接演的那位女士著實大有來頭。截至目前，他交出的成果樣樣教邁爾斯・柯曼滿意，而邁爾斯・柯曼是片廠裡唯一一位上頭沒大人，只須對金主全權負責的導演。喬爾的事業至今一切順風順水。(「我是柯曼先生的祕書。請問您星期天四點到六點方便蒞臨茶會嗎——他住在比佛利山莊，門牌號碼是——」)

喬爾感到十分榮幸。這會是場冠蓋雲集的派對。作為一個前途光明的年輕人，他視之為對自己的肯定。瑪麗恩・戴維斯那一伙人、勢利鬼、大闊佬，或許甚至連迪特里希、嘉寶、侯爵夫人這些平常不是隨隨便便見得到的人物，都有可能光臨柯曼府上。

「到時我絕不會拿起半點酒喝。」他向自己保證。柯曼常說他受夠了酒鬼，想到電影產業沒有他們就走不下去，心裡不無悲哀。

喬爾同意寫手們確實喝過頭了——他本人就喝得不少，但今天下午，他說什麼也不幹。他希望上雞尾酒時邁爾斯就在附近，近得能聽見他謙抑俐落的一聲：「不用了，謝謝。」

邁爾斯・柯曼的宅邸就是為了那些盛大激昂的時刻而建——那兒有股引人聆聽的氣氛，遠眺過去，彷彿大宅深遠的寂靜之中躲著一位聽眾。但那天下午宅子擠滿了一大群人，擠得與其說大家是受邀蒞臨，更像是接獲動員而來。喬爾得意地發現人群中只有另外兩位片廠來的編劇，一位是貴氣逼人的英國佬，而另一位出乎他意料之外，竟然是納特・基奧，他曾大肆批評酒鬼，惹得柯曼失去耐心。

史黛菈・柯曼（當然，就是婚前的史黛菈・沃克）從和喬爾搭上話後，再也沒有走開去招呼其他客人。她轉呀晃地不肯離開——她望著他，美麗的表情索要著某種奉承，而喬很快就發揮了他從母親那兒繼承來的戲劇天分：「哇，妳看起來像十六歲！妳的小三輪車在哪兒？」

看得出她樂得很；她繼續在附近繞呀轉的。他覺得自己該再多說點什麼，多聊幾句體己又輕鬆的話題——他頭一回與她相識時，她還在紐約掙扎著糊口飯吃。這時，一副托盤溜過面前，史黛菈拿了杯雞尾酒塞進他手裡。

「每個人都提心吊膽，不是嗎？」他一邊說著，一邊心不在焉地看著酒杯。

「每個人都等著看別人跌倒，或是想盡辦法讓自己身邊隨時圍繞著一群馬屁精。不過當然啦，在妳府上那是另當別論。」他急忙替自己圓場：「我說的只是好萊塢的普遍情況。」史黛菈同意。她介紹了幾個人給喬爾認識，彷彿他是什麼重要人物似的。再三確定邁爾斯人在廳房另一頭後，喬爾放心喝下了雞尾酒。

「原來妳有孩子了？」他問：「這種時候越是要小心。漂亮女人哪，在生完第一個小孩之後是很脆弱的，因為她想對自己的魅力重拾信心。她得去贏來某位新歡為她全心全意付出，好向自己證明她的魅力絲毫不減。」

「從來沒有誰為我全心全意付出過。」史黛菈的話裡不無憤懣。

「大家都怕妳先生啊。」

「你這麼覺得嗎？」這個想法教她皺起眉頭；接著有人打斷了他們的對話，喬爾也樂得選擇同一時間告退。

她的青睞給了他信心。放眼全場，他覺得自己大可不必為了自保加入團體，也不用躲進那些舊識的保護羽翼之下。他走近窗邊，向外望去，懶洋洋的夕陽下，太平洋光彩黯淡。這是個好地方——堪稱美國的里維拉——只要你有那個美國時間享受。整座廳裡全是面貌俊俏，穿著體面的高朋好友、可愛女孩，還有就是——咳，還是可愛女孩。你簡直應接不暇。

他看見史黛菈活潑、孩子氣的臉龐穿梭在賓客間，撐不住疲憊的眼皮，老是稍稍垂下一邊眼睛。他想和她坐在一起聊上很久很久，就好像她只是個普通女孩，而不是什麼名人；他跟著她屁股後面走，想知道她對其他人是不是像對他一樣看重。他又喝下一杯雞尾酒——不是因為需要信心，而是因為她給了他夠多的信心。接著，他坐到導演的母親身旁。

「您兒子肯定會是個傳奇人物，柯曼太太——就像是大祭司和『天命之子』這一類的人物。就個人來說，我是他的反對黨，但像我這樣的人只是少數。您怎麼看他？您佩服嗎？他今天的成就教您意外嗎？」

「不，我並不意外。」她平靜地說：「我們一直覺得邁爾斯前途無量。」

「哎，這可不平常。」喬爾做出評論：「我總以為全天下的媽媽都像拿破崙的母親一樣。我母親就不想要我和娛樂產業扯上半點關係。她想要我進西點軍校，安安穩穩地過日子。」

「我們一向對邁爾斯充滿信心。」

他站在餐廳附設的小酒吧吧檯邊，身旁是那位脾氣好、又會喝、薪水呱呱叫的納特・基奧。

「——我光是今年就賺了十萬鎊，然後輸了四萬在賭桌上，所以我跑去請了個經手人。」

「你是說經紀人吧？」喬爾猜測。

「不是，經紀人我也有。我說的是經手人。我把所有錢轉到我老婆名下，然後他和我老婆碰頭後再把錢交到我手上。我每年付他五千，就為了請他把我自己的錢交回我手上。」

「你不就在說你的經紀人？」

「不，我在說我的經手人，而且不只我一個——還有一堆同樣不負責任的傢伙雇他幫忙。」

「哎，如果你真不負責任，幹嘛還老老實實地請個經手人呢？」

「我只在賭博這檔事上不知收斂。嘿，快看——」

一位歌手唱了起來；喬爾和納特走上前去，加入聆聽的群眾。

II

歌聲模模糊糊地傳進喬爾耳裡；面對齊聚在此的這群人，他覺得愉快又放鬆；這群人勇敢、勤奮，好過人生只比他們強在無知放蕩的中產階級。在一個十年來只在乎娛樂的國家裡，他們的顯赫地位攀上了舉國之巔。他多喜歡他們——他多愛他們吶。舒適感波濤洶湧地流遍他全身。

歌手結束曲目的同時，人們紛紛湧向女主人道別，這時喬爾有了個主意。他要為大家獻上自己的個人創作《好戲多磨》。他來來去去就這麼一招走天下，這節目曾在幾個派對裡逗樂大家，或許史黛菈・沃克也會喜歡。這預感糾纏不去，他血液裡搏搏跳動的血球，飽脹著鮮紅的表演慾，於是，他徵求她的同意。

「當然。」她大喊：「快請！你還需要什麼嗎？」

「要有個人扮演聽我口述打字的祕書。」

「交給我吧。」

消息一傳開，門廳裡才剛穿起大衣準備離開的賓客紛紛湧了回來，一時間喬爾面對著許多陌生人的眼光。他現在才注意到先前在臺上表演的是知名的廣播藝人，心裡隱約浮起一股不祥的預感。接著有人「噓！」了一聲，他和史黛菈就像是被印第安人包圍的獵物般，兩人獨自杵在情勢險惡的半圓中心。史黛菈抬起頭，滿心期待地對他微笑——於是他開始表演。

他的滑稽模仿劇拿獨立製片戴夫・希爾福斯坦有限的文化水準開玩笑；劇中希爾福斯坦正在口述一封信件，簡單交代打算如何處置他買下的一篇故事。

「——一個關於離婚、年輕馬子以及外籍軍團的故事。」他聽見自己的聲音學起希爾福斯坦先生的抑揚頓挫：「但我們得讓它更有看頭，懂嗎？」

一陣無所適從的強烈劇痛擊穿了他的心。在柔和的模製燈盞光暈下，圍繞著他的一張張面孔透著熱切、好奇，但就是看不出一絲微笑的影子；正前方那位「銀幕情聖」死盯著他，眼神像是馬鈴薯芽眼一樣尖銳。只有史黛菈・沃克帶著燦爛、毫不遲疑的微笑抬頭望著他。

「要是我們把他設定成門吉歐那種調調，故事就會跑出一種麥克・阿倫的感覺，美中不足的是多了點火奴魯魯氣氛。」

前排依然是一灘死水，但後方一陣窸窸窣窣，聽得出有人往左方，往大門的方向移動。

「——接著她說，他身上的男性魅力讓她感覺來了，他受夠了，爆出一句『噢，妳去死一死吧』——」

期間，他一度聽見納特・基奧吃吃竊笑，四下裡有幾個人面帶鼓勵，但表演結束後，他懊惱地發現自己在電影界的重要場合出了大糗，而他的事業還仰賴他們提攜呢。

他一時置身困窘的沉默之中，隨著人流開始紛紛往門邊走去，才終於打破沉默。他感覺四周的閒談中隱約翻騰著奚笑的暗流；緊接著——以下情事都在十秒內發生——那位「大情聖」發難了，他的眼神冷硬又空洞，簡直針眼一般，他大叫著「噓！噓！」，滿心覺得自己的噓聲代表著觀眾的心情。這是專業對業餘的氣憤，是內行人對外行人的惱怒，是電影大家族的同聲譴責。

只有史黛菈・沃克依然站在身邊感謝著他，彷彿他帶來的是場空前絕後的成功表演，彷彿她壓根不覺得有人不喜歡這齣戲。納特・基奧幫著他穿上大衣的同時，一陣自慚的大浪打遍了他全身，但他死死抓著自己的原則不放：他絕不在人前流露自卑，直到事過境遷。

「我真是票房毒藥。」他輕描淡寫地對著史黛菈說：「但無所謂，喜歡的人還是不少。謝謝妳插花演出。」

她的臉上依然掛著笑容——他醉態可掬地鞠了個躬，接著，納特二話不說拉著他往門口走……

早餐送上時他驚醒了過來，意識到如今自己身處在一個殘破傾頹的世界。昨天他老兄還是隻身與產業抗衡的一星野火；而今天，他覺得自己背負著巨大的劣勢，要應付那些臉色，要對抗個別的不屑與眾人的訕笑。更糟的是，在邁爾斯・柯曼心裡，他也被歸進了那群尊嚴掃地的酒鬼行列，迫於無奈，柯曼不得不用上他們，但無時不感到後悔。至於史黛菈・沃克，他逼得她沒法下臺，犧牲自己來讓家中賓主盡歡——他想都不敢想她作何感受。他的胃口全沒了，於是把荷包蛋擺回了電話几上。他寫下：

親愛的邁爾斯：你可以想見我有多討厭我自己。我得承認自己有愛出風頭的毛病，但才傍晚六點，還光天化日的就公然作怪！老天哎！請代我向尊夫人致歉。

喬爾・寇斯　謹上

喬爾走出了片廠辦公室，像罪犯般賊頭賊腦地往菸草店溜去。形跡詭異到一位片廠警衛要他拿出通行證。他才剛決定午餐就在外頭吃吧，春風得意的納特・基奧後腳就趕上了他。

「你說你從此收山了是什麼意思？那個中看不中用的草包是當眾噓了你，但你有少塊肉嗎？」

「哎，跟你說。」他一面拉著喬爾進片廠餐廳，一面繼續著話題：「之前他有部戲在格勞曼劇院首映，那天晚上，趁著他向觀眾彎腰鞠躬，喬・史奎爾在後頭踢了他屁股。那個蹩腳演員放話要喬等著瞧，但隔天八點喬打了電話給他，問說：『你不是要我等著瞧嗎？我等著呢。』他連話都不敢回，馬上掛了電話。」

這個荒唐的故事讓喬爾的心情好了起來，他看著鄰桌一伙人，從中尋得了一絲陰鬱的安慰。他們是來拍馬戲團電影的演員，有對悶悶不樂的可愛暹羅雙胞胎，幾個面貌猥瑣的侏儒，還有位傲岸的巨人。再往後望去，他看見了一張張漂亮女人的蠟黃臉蛋，她們刷著睫毛膏的雙眼全帶著憂鬱、驚恐，她們的晚禮服不分早晚地俗豔逼人；但接著，他看見一群也去了柯曼家的客人，不由得縮了一縮。

「沒有下一次了！」他哀嚎：「上次絕對會是我最後一遍踏進好萊塢的社交場合。」

隔天早上，一封電報等在他的辦公室裡：

您是我們派對裡最教人滿意的貴客之一。期待下星期天您能蒞臨舍妹瓊的自助晚宴。

史黛菈・沃克・柯曼

血液急速衝過血管，教他一時之間臉紅發燒。他難以置信地又從頭讀了一次電報。

「哎呀，我這輩子從沒接到過這麼開心的消息！」

III

又是個瘋狂星期天。喬爾睡到了十一點，接著起床讀報，好追上過去一週的大小時事。他在自己房裡用午餐，吃了鱒魚、酪梨沙拉，配上一品脫加州紅酒。他挑了件細格紋西裝，搭配藍色襯衫，打了條橘褐色的領帶，準備赴宴。同時他的兩眼下方還掛著疲倦的黑眼圈。他開著自己的二手車前往「里維拉」華廈。在他向史黛菈的妹妹自我介紹時，一身騎裝的邁爾斯和史黛菈正好到場——他們才在比佛利山背的泥巴路上沿途大吵了幾乎整整一下午。

邁爾斯・柯曼是個高大、神經質的男人，喬爾從未見過像他這般不苟言笑、怏怏不樂的雙眼，從怪異的髮型到黑人般髒兮兮的雙腳，他從頭到腳就是個藝術家。靠著這雙腳，他在電影界站穩了位置——儘管有時他會為了自我追求而拍些票房慘澹的實驗電影，最後落得大賠收場，但他從沒拍過一部爛片；也儘管與他共事愉快，但只要和他相處過一段時間，便能察覺出他有些異狀。

從他們進門那刻開始，喬爾的一天就和他們緊緊綁在了一起。他剛湊過去加入圍繞著他們的團體，史黛菈馬上不耐煩地嘖了一聲，轉身離去——而邁爾斯・柯曼對剛好在他身旁的人說著：

「饒了伊娃・戈貝爾吧，家裡為了她已經鬧得天翻地覆啦。」邁爾斯接著轉向喬爾說：「抱歉，我昨天放了你鴿子，沒進辦公室。我整個下午都在看精神分析師。」

「你在做精神分析？」

「做好幾個月囉。剛開始是為了治好幽閉恐懼症，現在變成是為了把整個生活拉回正軌。他們說這需要超過一年的時間。」

「你的生活沒有半點毛病。」喬爾要他放心。

「噢，沒毛病嗎？哎，但史黛菈似乎不這樣覺得。隨便找個人問問吧——他們全都有得說的。」他憤憤地表示。

一位女孩款款坐上了邁爾斯的沙發扶手；喬爾穿過房間來到史黛菈身邊，她正落落寡歡地站在爐火旁。

「謝謝妳的電報。」他說：「實在太窩心了。我想不到有哪個人能像妳一樣漂亮，性格又這麼好。」

眼前的她，比他曾見過的模樣還更加動人些，而或許正因為他眼中流露出源源不絕的憧憬，教她忍不住向他一傾所有——這用不了多久時間，因為她的情緒顯然已經來到了爆發邊緣。

「——邁爾斯暗地裡幹這骯髒事兩年了，我一直被蒙在鼓裡。唉，她算是我最好的朋友之一，總是一天到晚來我家。後來人們開始跑來跟我通風報信，邁爾斯才不得不全招了。」

她重重一屁股坐上喬爾的沙發扶手。她的馬褲與沙發色調相仿，而喬爾注意到她的髮色多半摻雜幾綹金紅、幾綹淡金，因此不可能是染的，同時，她乾淨的臉上脂粉未施。她可真是漂亮——

史黛菈還為著自己發掘的醜事止不住顫抖，又看到一隻沒見過的花蝴蝶繞著邁爾斯打轉，這景象實在忍無可忍，於是她領著喬爾走進臥房，兩人分坐大床兩端，繼續聊了下去。上洗手間的客人經過時免不了往裡頭瞥上兩眼，跟著調侃兩句，但史黛菈自顧自地傾訴，毫不在乎。過了一會兒，邁爾斯從門邊探進頭來，說：「就算花上半小時跟喬爾解釋一堆也是沒用的，這些事連我自己都搞不清楚，精神分析師也說了，要想搞清楚得花上一整年時間。」

她繼續說下去，像是當邁爾斯不在那兒一樣。她愛邁爾斯，她說——儘管難關重重，她始終對他忠貞不二。

「精神分析師跟邁爾斯說他有戀母情結。在第一段婚姻裡，他把戀母情結轉移到他太太身上，你懂吧——然後他的性需求找上了我。但等我們結了婚以後，舊事重演——他把戀母情結轉移到我身上，而他所有的性慾就衝著另外那個女人去。」

喬爾知道這話多半不是隨口說說——但聽起來依然像是胡說八道。他認識伊娃・戈貝爾；

她很懂得照顧人，年紀比史黛菈大，或許腦子也比她好，而史黛菈呢，不過是個一向被大家捧在手掌心裡的孩子。

這時邁爾斯不耐煩地建議，既然史黛菈還有很多話想說，喬爾不如跟他們回家，於是他們一同開車回到比佛利山莊的豪宅。高高的天花板下，氣氛似乎變得更加凝重、悲劇氣息更加濃厚。夜色明朗得教人發毛，一扇扇窗外的黑暗清晰異常，史黛菈氣得滿臉泛起玫瑰金光澤，又哭又鬧，滿屋子橫衝直撞。喬爾不怎麼拿電影女演員的悲傷當真。她們心裡頭的算計可多了——她們是散發玫瑰金光澤的美麗倩影，吹飽了編劇與導演注入的活力，幾小時過後，下了戲的她們坐近彼此，低聲說著悄悄話、咯咯笑著諷人長短，就在她們之間，一幕幕的奇情冒險伴隨著時間流過，畫下句點。

有時候，他裝出一副認真聆聽的模樣，其實心裡想著她衣服穿得真好——服貼襯出雙腿曲線的滑亮馬褲，配上小高領義大利三色毛衣，外頭加了件棕色麂皮短版大衣。他分不清究竟是她照搬了英國名媛的模樣呢，還是英國名媛仿效了她的手采。她依稀盤桓在再實際不過的現實與最豔俗刺眼的跟風之間。

「邁爾斯有夠愛吃我的醋，我的一舉一動他全都要過問。」她輕蔑地放聲說：「從前我還在紐約那陣子，我寫了信給他，說我和艾迪・貝克一起去了戲院。邁爾斯打破了醋罈子，一天裡打了十通電話給我。」

「我那時腦子很亂。」邁爾斯使勁地抽了抽鼻子，他只要人一緊張就會跑出這習慣來。「精神分析師花了一個禮拜，結果沒半點進展。」

史黛菈心灰意冷地搖了搖頭：「難道你期待我會三個禮拜都乖乖坐在旅館裡？」

「我並沒有期待什麼。我承認，我是愛吃醋。我盡可能不要這樣了。我也找了布里吉班醫師一起想辦法改善，但就是沒有半點效果。像是今天下午看到妳坐在喬爾的沙發扶手上，我還是會嫉妒。」

「你吃醋了？」她跳起身來。「你敢說你嫉妒！難道那時候你的沙發扶手上沒坐著別人嗎？再說，兩個鐘頭裡，你有跟我說過一句話嗎？」

「誰教妳一直躲在臥房裡跟喬爾訴苦。」

「我只要一想到那個女人——」她似乎覺得，只要不提伊娃・戈貝爾的名字，她的存在感就會薄弱些——「之前三天兩頭上我們家來——」

「好吧——好吧。」邁爾斯沒力氣再說下去：「我都承認過了，況且這件事我也和妳一樣不好受。」接著他轉過身去，開始和喬爾聊起電影，而另一頭的史黛菈兩手插進了馬褲口袋，煩躁不安地繞著牆走。

「他們簡直不把邁爾斯放在眼裡。」忽然間，她回頭加入對話，好像他們從未討論過她的私事一樣。「親愛的，告訴他老鮑澤想對你的電影動手動腳那件事。」

她站在邁爾斯身旁，居高臨下地迴護著他，同時她也沒忘了他幹的好事，眼裡的怒火星星閃爍。這時喬爾驚覺，自己愛上她了。突然湧上的激情教他快沒辦法呼吸，於是他起身道了晚安。

隨著星期一到來，這週再度進入平常的工作節奏，和星期天的紙上談兵、瞎扯閒聊、探人隱私形成了強烈對比；腳本修訂枝枝節節，沒完沒了——「轉場的地方與其用不知所謂的溶接，我們不如在讓音軌繼續跑她的聲音，然後切回貝爾的視角，用中景去拍計程車，或者如果想簡單點，就把攝影機往後拉，把車站全部拍進畫面，停個一分鐘，鏡頭再搖到那排計程車。」——到了星期一下午，喬爾已經又一次忘了這些以提供娛樂為業的人，其實才是最應有權享受娛樂的人。傍晚時分，他打了電話到邁爾斯家。他找邁爾斯，但接起話筒的是史黛菈。

「情況有變好嗎？」

「沒什麼大改變。星期六傍晚你有事嗎？」

「沒有。」

「派瑞夫婦辦了場晚宴，後頭接著有賞戲派對，但邁爾斯不去——他要飛去南本德看聖母大學和柏克萊大學的比賽。我想，或許你方便代替他陪我出席。」

過了好一陣子，喬爾才說：「哎——當然好啊。如果那天有會要開，我可能會趕不上晚餐，但可以在戲開演前趕到。」

「那我就說我們會去囉。」

喬爾在辦公室裡來回踱步。考慮到眼下柯曼夫婦的緊張關係，這件事邁爾斯會覺得高興呢，還是她打算不讓邁爾斯知道？這是不可能的——就算邁爾斯不提，喬爾也會自己跟他說。但他還是煩心了一個多小時，才有辦法再次專心回到工作。

星期三的會議室裡，菸霧化作滿室繚繞的星球和朵朵星雲，一連四個小時爭論不休。三男一女輪流在地毯上來回踱步，時而拋出建議、時而提出指摘；時而慷慨陳詞、時而軟言相勸，有時前句話還滿懷信心，下句話就變得絕望透頂。會議結束後，喬爾還蘑菇著不走，想找機會跟邁爾斯談談。

這個男人累了——教他累壞的倒不是日益加深的疲憊，而是面對人生的無力感，他的眼皮下垂、鬍鬚爬滿了灰青籠罩的嘴畔，顯得更加醒目。

「聽說你要飛去看聖母大學的比賽。」

邁爾斯的眼光往他身後投去，搖了搖頭。

「我打消念頭了。」

「為什麼？」

「因為你的緣故。」他依然不拿正眼看喬爾。

「這什麼跟什麼，邁爾斯？」

「我就是因為你才打消了念頭。」他自嘲地擠出一陣敷衍的笑聲。「我不敢說史黛菈為了氣我會做出什麼事來——她不是邀請你陪她上派瑞家嗎？這要我怎麼好好看比賽？」

在片廠裡，他纖細的天性如魚得水、揮灑自如，然而回到私生活中，卻顯得這般拖泥帶水，孱弱無助。

「聽著，邁爾斯。」喬爾皺起了眉頭說：「我從沒對史黛菈有過半點不規矩。如果你真的是因為我的關係取消行程，那我就不和她去派瑞家了。以後我也不會再和她見面。你可以完全對我放心。」

這時邁爾斯小心翼翼地看向了他。

「或許是吧。」他聳了聳肩。「但不管怎麼說，總還是有其他阿貓阿狗。我半點也開心不起來。」

「你好像對史黛菈不怎麼有信心。她倒是跟我說過，一路以來她對你的忠誠始終不變。」

「或許是真的吧。」才不過幾分鐘過去，邁爾斯嘴角周圍的肌肉又多垂了幾條下來。「但在鬧了這樣的事情以後，我哪還有臉要求她什麼？我哪還能期待她——」他突然住口，接著越說臉色越是嚴峻：「我跟你說一件事，這件事無關誰對誰錯，也無關我做了什麼，只要她有任何把柄在我手上，我就會和她離婚。我不能讓我的自尊心受傷——那會是壓垮我的最後一根稻草。」

他的語氣惹惱了喬爾，但他按捺著說：

「她還沒放下伊娃・戈貝爾那件事嗎？」

「還沒。」邁爾斯可憐兮兮地抽了抽鼻子。「連我自己都還過不了這關。」

「我以為早就沒事了。」

「我一直努力不要再去找伊娃了，但你也知道，感情這種事不是簡簡單單地說扔就扔——她可不是隨便哪個昨晚我在計程車裡愛親就親的女孩！精神分析師說——」

「我懂。」喬爾打斷了他：「史黛菈都跟我說了。」這番告白教人氣結。「總之，我能保證的是，如果你要去看比賽，我就不見史黛菈的面。而且我很肯定，史黛菈沒做過任何對不起別人的事。」

「或許沒有吧。」邁爾斯有氣無力地重複著：「總而言之，我會留下來，帶她去派對。嘿！」他忽然間表示：「我希望你也一起來。我需要找個有同理心的人陪我聊聊天。麻煩在於——史黛菈每件事都受我影響。特別是，我對她的影響大到連我喜歡的男人她也全都喜歡——這實在很傷腦筋。」

「確實傷腦筋啊。」喬爾同意。

IV

喬爾沒能趕上晚宴。來往的失業群眾，教頂著絲綢禮帽等在好萊塢劇院前的他不太自在，他望向眼前的傍晚人潮：沒名沒姓的小嘍囉扮成有頭有臉的大影星、幾個穿著馬球大衣的男人，走起路來像是跛腳馬、一位伊斯蘭托缽僧留著基督使徒般的鬍子，拄著使徒般的手杖，顫巍巍地走著、一對穿著學院服的菲律賓人看上去優雅又時尚，說明了共和國的此處街角，寰宇七海來者不拒；還有條充滿年輕喧鬧聲的長長夢幻嘉年華隊伍，後來才發現是某個兄弟會在舉辦入會儀式。隊伍讓開了道，兩輛時髦的豪華轎車通過人群，在人行道邊停下。

她終於來了，她的晚禮服用上了一千片小幅淡藍料子縫製，穿在身上像是穿著一襲冰水，咽喉處彷彿還有幾根冰柱緩緩滴淌著水珠。他迎向前去。

「如何，喜歡我的禮服嗎？」

「邁爾斯人呢？」

「他最後還是飛去看比賽了。昨天早上走的——至少我是這麼認為——」她就此打住：「我剛接到一封從南本德拍來的電報，說他準備要回來了。我忘了介紹——這幾位你都認識吧？」

於是一行八人走進了劇院。

邁爾斯最後還是去看球了，喬爾暗忖自己來得不知道對是不對。但整場演出，伴著身旁史黛菈那淺髮醇柔如絹的側影，他再沒有多餘心思考慮邁爾斯。中間他一度轉過臉看著她，她回望過來，微笑對上他的眼，久得如他所願。換幕休息時，他們來到大廳抽菸，她低聲問起：

「待會他們全都要去幫傑克・強森的夜總會開幕捧場——我不想去，你呢？」

「我們非去不可嗎？」

「我覺得不必。」她有些猶豫：「我想跟你說說話。我覺得我們不如去我家聊——只要我能確定——」

她又猶豫了起來，於是喬爾問：

「確定什麼？」

「把握清楚他——噢，我知道自己一定有哪根筋不對，但我怎麼能確定邁爾斯是不是真的去看了比賽？」

「妳的意思是，妳覺得他正跟伊娃・戈貝爾在一起？」

「不，倒沒那麼嚴重——但說不定他一直暗中監視著我的一舉一動。你也知道邁爾斯有時會做出一些莫名其妙的事。有一次他想找個長鬍子陪他喝茶，於是就叫下頭的試鏡部門去生一個出來，然後和他喝了一整下午的茶。」

「這是兩碼子事。他從南本德拍了封電報給妳——這證明了他在比賽現場。」

散場後，他們站在路旁與其他人道晚安，眾人回以意味深長的神情，接著他們從簇擁在史黛菈周圍的人群間溜出身來，一路走下金光燦爛的大街。

「你知道他是有能力安排那些電報的。」史黛菈說：「簡直輕而易舉。」

確實是這樣。她的不安恐怕有點道理，一想到這兒，喬爾惱羞成怒：要是邁爾斯一路拿著攝影機對準他們，那麼他也不用再跟邁爾斯講什麼道義了。於是他大聲說：

「說什麼傻話。」

商店櫥窗裡已經擺出了聖誕樹，而高掛大道的滿月，此刻與街邊巷角那些舞臺擺設般的大型花飾立燈沒什麼差別，不過就是個烘托氣氛的布景道具。往前，兩人走進了比佛利山的黯然枝葉間，白天裡，這些枝葉火紅得像是尤加利葉，但此刻喬爾眼裡只看得見自己臉下那張閃閃發亮的白皙臉龐，以及她美麗的肩膀弧度。忽然間，她站了開去，仰起臉來望著他。

「你的眼睛跟你媽媽好像。」她說：「以前我有一本剪貼簿，裡頭全都是她的照片。」

「妳的眼睛只有妳有，一點也不像任何人。」

正要進屋時，喬爾沒來由地往庭園深處望去，就好像邁爾斯正躲在灌木叢裡一樣。有封電報等在大廳桌上。她大聲唸了出來：

芝加哥

明晚到家。很想妳。愛妳的

邁爾斯

「你看吧。」她說著把紙條丟回了桌上：「他有心的話，要搞封假電報還不簡單。」她吩咐管家準備酒水、三明治，跟著跑上樓去，喬爾則走進空蕩蕩的接待間。他四下閒逛，信步往鋼琴走去——兩週前的星期天，他就是站在這裡丟人現眼。

「我們準能教大家喜歡，」他大聲說著：「一個關於離婚，年輕馬子以及外籍軍團的故事。」

他的思緒跳到了另一封電報上。

「您是我們派對裡最教人滿意的貴客之一——」

忽然間他跑出一個念頭。如果史黛菈的電報單純只是種禮貌表示，那麼很可能是邁爾斯授意了這封電報，畢竟請他去的人是邁爾斯。或許邁爾斯還說了：

「拍封電報給他吧——他也太慘了——那小子覺得他丟光了自己的臉。」

這契合了他說的「史黛菈每件事都受我影響。特別是，我對她的影響大到連我喜歡的男人她也全都喜歡」。一個女人會這麼做，是因為她感到同情——而一個男人會這麼做，不過是因為他覺得自己有責任。

史黛菈一走進房間裡，他就一把抓住她的雙手。

「我有個奇怪的感覺，我好像只是妳對邁爾斯玩的復仇遊戲中的一枚棋子。」他說。

「先給自己倒杯酒吧。」

「而奇怪的是，即使是這樣，我還是愛上了妳。」

電話響了起來，她趁機掙開雙手去接電話。

「邁爾斯又拍來了一封電報。」她向他說明：「他剛飛到堪薩斯城，從飛機上留了話——起碼電報上是這麼說的。」

「我想他應該有要妳向我問好。」

「沒有，他只說了他愛我。我相信他是真心的。他現在是那麼地脆弱。」

「過來坐在我身邊吧。」喬爾勸她。

時間還早。半小時過去，時間距離午夜仍然短著幾分鐘，喬爾走到冰冷的壁爐前，直截了當地說：

「這表示妳對我從來沒有過任何興趣？」

「才怪。你深深吸引著我，你也知道。但重點是，我想我是真的真的很愛邁爾斯。」

「看得出來。」

「今晚發生的每件事都教我不好受。」

他並沒有生氣——他甚至還為自己躲過了一場潛在的情感糾葛悄悄鬆了口氣。然而，望著她的同時，他感覺到她溫暖柔軟的身體似乎正逐漸融化著一身冷冽的冰藍，他明白，她將會是他永遠的遺憾。

「我差不多得走了。」他說：「我打電話叫輛計程車。」

「說什麼傻話——我家有值班司機。」

他愀然變色，意識到原來她早就打算打發他走，見狀，她輕輕給了他一個吻，說：「你真體貼，喬爾。」接著，忽然間發生了三件事：他拿起自己的酒一口咕嚕喝下，電話鈴聲大作，響徹了整棟房子；大廳裡的時鐘響起了報時的喇叭聲。

九——十——十一——十二——

V

又到了星期天。喬爾知道，自己昨天傍晚趕到劇院時，一整週的工作還像是裹屍布一樣地纏著他。一天結束以前，他原本可以趕快把一些事情處理乾淨，卻把時間花在向史黛菈示愛。但今天是星期天——未來二十四小時旖旎、悠哉的前景在他眼前展開——每一分都該帶著睡意茫然徜徉；每一刻都有無數可能生發萌芽。沒有什麼是不可能的——一切才正要開始。他給自己再倒了杯酒。

史黛菈發出一聲尖銳的呻吟，緩緩地在電話機旁向前軟倒。喬爾扶起她到沙發上躺下。他潑了些蘇打水在手帕上，攤開敷住她的臉。話筒持續傳來嗤嗤擦擦的聲音，他把話筒拿近耳邊。

「——飛機墜落在堪薩斯城外不遠處。邁爾斯・柯曼的遺體身分已經確認，後續——」

他掛上電話。

「繼續躺好。」史黛菈這時睜開了眼，他只能以拖待變。

「噢，出了什麼事？」她細聲說：「打回去問他們。噢，到底出了什麼事？」

「我等等立刻就打。妳的醫生叫什麼名字？」

「他們是說邁爾斯死了嗎？」

「安靜躺好——還有哪個傭人醒著嗎？」

「抱抱我吧——我好害怕。」

他伸過一隻手摟住她。

「我要知道妳醫生的名字。」他臉色嚴正地說：「這可能只是誤會一場，但我要有人來這兒陪妳。」

「醫生叫作——噢，天啊，邁爾斯死了嗎？」

喬爾跑上樓去，翻遍陌生的藥櫃尋找芳香氨酊。他下樓時聽見史黛菈哭叫著：「他沒死——我知道他沒死。這是他計畫的一部分。他是在折磨我。我知道他還活著。我感覺得到他還活著。」

「我想找幾個妳的好朋友過來，史黛菈。妳今晚不能一個人待在這兒。」

「噢，不。」她哭出聲來：「我誰也沒辦法見。你留下來。我沒有半個朋友。」她站起身來，淚水撲簌簌地流下。「噢，邁爾斯是我唯一的朋友。他沒死——他不可能死了。我現在就要過去那邊親眼看看。坐火車去。你一定要陪我一起去。」

「不准妳去。今晚什麼也不能做。我要妳跟我說一個可以打電話給她的女性朋友名字：洛伊絲？瓊恩？卡蜜兒？沒有這樣的人嗎？」

史黛菈兩眼無神地瞪著他。

「伊娃・戈貝爾是我最好的朋友。」她說。

喬爾想起了兩天前的辦公室裡，邁爾斯那張悲傷絕望的臉。在他的死訊帶來的可怕寂靜中，他的一切顯得清清楚楚。他是唯一一位奇情與藝術良知兼具的美國導演。他陷入產業的天羅地網，付出精神崩潰的代價，再沒有能力重拾快樂、再沒有餘裕笑諷世事、再沒有一處所在教他心安——他有的，只剩下鋌而走險的可悲出逃。

外門邊傳來了聲響——忽然間有人打開了門，大廳裡響起腳步聲。

她放聲尖叫：「是你嗎，邁爾斯？噢，是邁爾斯。」

一個送電報的男孩出現在門口。

「我找不到門鈴。但我聽到你們在裡面說話。」

那封電報是之前那通電話通知的電文副本。史黛菈一遍又一遍地讀著，彷彿以為那只是個惡劣的謊言，同時喬爾打起了電話。時間依然還早，這時間裡難找得到誰；最後他終於成功找到一些朋友，這才騰出空來，餵史黛菈喝了幾口烈酒。

「你會留在這兒吧，喬爾。」她彷彿半睡半醒地輕聲說著：「你不會走的。邁爾斯很喜歡你——他說你——」她顫抖得厲害。「噢，我的天啊，你不知道現在我有多孤單。」她閉上雙眼。「伸出手來抱我。邁爾斯也有套像你一樣的西裝。」她忽然直挺挺地彈起身來。「想想那時他會有什麼心情吧。畢竟他膽小到幾乎什麼都怕。」

她恍惚地搖了搖頭。忽然間她捧起喬爾的臉，往自己的臉龐拉近。

「你別走。你喜歡我——你愛我，不是嗎？不要再打給其他人了。明天有的是時間，今晚你就留在這裡陪我。」

他盯著她看，起初一臉不可置信，接著面帶震驚地明白了過來。史黛菈盲目地抓緊浮木，她想透過維持邁爾斯生前的日常生活，教他繼續活下去——就像是之前教他煩惱的種種可能性還存在著，邁爾斯的執念不能就這麼逝去。這個瘋魔、煎熬的不是辦法的辦法，只為了趕走他已不在人世的事實。

喬爾不為所動地走到電話前撥電話給醫生。

「不要，噢，不要打給任何人！」史黛菈大叫：「回來這裡，然後伸出你的手來抱我。」

「請問貝爾斯醫師在嗎？」

「喬爾！」史黛菈哭喊：「我還以為我可以信賴你。邁爾斯喜歡你。他嫉妒你——喬爾，過來這邊。」

啊，原來如此——假如他背叛了邁爾斯，她就能夠教他繼續活下去——因為要是他真的死了，他又怎麼能被背叛呢？

「——剛才受到了非常嚴重的衝擊。您有辦法立刻過來，並且帶個護士隨同嗎？」

「喬爾！」

這時，門鈴和話鈴開始接連響起，一輛輛汽車在門前停下。

「但你不會走吧？」史黛菈求他：「你會留下來，對嗎？」

「不會。」他回答：「不過如果妳需要我的話，我會再回來。」

站在屋前的階梯上，聽著整棟屋子的生者像是特別在星期天請假前來，嗡嗡忙亂、闖進衝出，他不禁有些哽咽起來。

「他為他碰觸過的一切事物都賦予了某種魔力。」他想：「他甚至教那個野丫頭變得有意思起來，教她變得好像有那麼一回事。」

接著他想：

「他在這該死的荒野中留下一個大洞——去他的！」

接著，他的心頭湧上了某種苦楚。「噢，是啊，我會回來的——我會再回來的！」

風中家族

Family in the Wind

本篇刊登於《週六晚郵報》一九三二年六月四日。

在龍捲風襲捲的南部鄉下小鎮上，有一位擁有過人才華和學識、卻被酗酒誤了一生的醫師。這位外科醫師的身影令人想起《夜未央》中的主角，迪克・戴佛醫師遭遇的命運。

無論怎麼說，那巨大龍捲風的描寫，都實在精彩。和約瑟夫・康拉德在《颱風》中暴風雨的描寫不相上下。他一邊真實地描寫大自然壓倒性的狂暴，那視線無限細緻地捕捉了實況，沒有過度誇張的文字表現。我還記得高中時第一次遇到這作品時，深深佩服他的筆力。在這層意義上，這篇也是我個人喜歡的作品。很高興這次終於有機會翻譯。

——村上春樹

I

兩個男人迎著血紅的太陽駛上山丘。夾道的棉花田稀疏枯萎，松林間沒有一絲輕風吹動。

「我完全清醒的時候，」醫生說：「我是說，我完全沒喝醉的時候——看到的世界和你看到的不一樣。我啊，跟我一位朋友一樣，他有隻眼睛是好的，然後弄了副眼鏡來矯正壞掉那隻；結果呢，他一直看到橢圓形的太陽，還踩到行道磚的斜面跌倒，最後不得不把眼鏡扔了。即使我一天大部分的時間裡都教酒精給徹底麻痺——哎，也只有這種情況下，我才敢動手幹些我清楚自己還做得來的活兒。」

「是啊。」他弟弟基恩侷促地附和。眼下，醫生的情緒有些緊繃，基恩心裡也有話想說，卻遲遲找不到機會開口。如同許多草根階層的南方人，他對禮貌有著根深蒂固的執著，這在看天吃飯的窮鄉惡土是個普遍特徵——不逮到片刻沉默，他換不了話題，而佛雷斯就是不肯閉嘴。

「我開心得很。」他繼續說了下去：「或者也可以說悲慘得很。酒一喝啊，我要麼笑、要麼哭，在我不斷想慢下腳步的同時，生活倒是大方地加快步伐，這麼一來，我的內裡越是掏空，外表越是快樂得像在演電影。我早就不跟同業往來了，但我知道，我得了「代償性情感硬化」。我的感性、我的同情心沒了方向，管他手邊是什麼好東西，先黏上去再說。我啊，就這樣成了個不可多得的好傢伙——比從前我當好醫生時要好得多。」

轉過下個彎道，道路向前筆直延伸出去，基恩看見他家的房子落在遠方，想起妻子要他保證時的表情，他不能再等了：「佛雷斯，我有件事——」

但就在這時，醫生忽然在一小叢松林外的小屋前煞住了車。前門臺階上有個八歲女孩正在和一隻灰貓玩耍。

「她是我見過最甜美的女孩。」醫生對基恩說，接著換上一副鄭重的口氣對那孩子說：「海倫，妳需要餵貓貓吃點藥嗎？」

小女孩笑了。

「哎，我不知道耶。」她語帶遲疑。她和貓咪正玩著別的遊戲，醫生的來訪其實打擾了她們。

「貓貓今天早上打電話給我。」醫生繼續逗她：「說媽媽都不關心她，還問我能不能從蒙哥馬利幫她找個好護士。」

「她才沒有。」小女孩氣憤地把貓咪撈近身旁；醫生從口袋掏出五分錢，擲到臺階上。

「我建議餵她飽飽地喝一劑牛奶。」他邊說邊換檔上路。

「晚安，海倫。」

「晚安，醫生。」

他們開走後，基恩重啟話題：「聽著，停車。」他說：「停得再過去一點……就這兒。」

醫生停下了車，兄弟倆轉頭面對面。他們同樣有著粗壯的體格、苦行僧般的面容，年紀都落在四十五歲上下；他們的不同之處在於醫生鏡架下那對難掩青筋暴露、淚眼汪汪的酒鬼雙眼，還有他臉上被城市吹花的皺紋；基恩的皺紋阡陌縱橫，櫛比鱗次的筋肉像是一椽椽屋樑般撐起了眼睛。他的雙眼藍得好看、藍得濃烈。但在這些表徵中最鮮明的對比是，基恩・詹尼是個鄉下人，而佛雷斯・詹尼醫生一眼就看得出受過不少教育。

「怎麼啦？」醫生問。

「你知道品奇躺在家裡。」基恩說，眼光瞥往了路上。

「我聽說了。」醫生不置可否。

「他在伯明罕和人起了衝突，有人朝他的腦袋開了一槍。」

基恩有些遲疑。「我們找了貝勒大夫，因為我們覺得你可能不願意——你可能不會——」

「我是不會。」詹尼醫生淡淡地同意。

「但你聽好，佛雷斯；老實說吧，」基恩態度堅決：「你也知道狀況如何——你常說貝勒大夫啥也不懂。呸，我也不覺得他懂個鳥。他說子彈壓迫到了——壓迫到了腦子，不敲開腦袋就拿不出來，然後他說，他不確定如果我們把他送往伯明罕或蒙哥馬利，半路上撐不撐得住。他真夠沒用的。這蒙古大夫半點屁忙也幫不上。我們想請你——」

「不。」他哥哥搖了搖頭說：「不。」

「我只是希望你去看看他，然後告訴我們該怎麼做。」基恩哀求：「他昏過去了，佛雷斯。他不會知道你來了；你也幾乎不了解他不是嗎？他媽媽都快瘋了。」

「她只是陷進純粹的動物本能裡。」醫生從屁股後頭摸出了個扁酒壺，喝了兩口，壺裡頭兌著一半水，一半阿拉巴馬波本酒。「你我都知道，那小子打出生那天就該按進水裡淹死。」

基恩怯縮了。「他是壞。」他承認：「但我不懂——看著他躺在那裡——」

烈酒在醫生體內化了開來，出於天性，他有股想做點好事的衝動。他並沒有拋下成見，只是單純想做點表示，以擁護自己有如風中殘燭的意志，即便如此，他的意志依然不畏風頭，要與造化的力量一搏。

「好吧，我去看看他。」他說：「但我連一根手指也不會動，因為他活該去死。況且就算他死了，也不代表他對瑪莉・戴克做的缺德事能一筆勾銷。」

基恩・詹尼噘起了嘴。「佛雷斯，你確定事情是這樣嗎？」

「你問我確不確定！」醫生大喊：「我當然確定。她是活活餓死的；她整個禮拜裡，除了幾杯咖啡外什麼都沒吃。還有，如果你看看她的鞋子，就會知道她走了多少哩路。」

「但貝勒大夫說──」

「他懂個屁？他們在伯明罕公路找到她那天，是我執行驗屍的。她的死沒有其他原因，就是飢餓。那個──那個，」──他的情緒湧上，聲音顫抖──「那個品奇覺得她膩了，就要她滾蛋，而她不斷想辦法回家。沒過幾個禮拜，他就軟趴趴地躺在家裡，這正合我意。」

說著說著，醫生粗魯地進檔，鬆開離合器，車子跳動了一下，往前暴衝；沒多久，他們來到了基恩・詹尼的家門前。

這是棟格局方正的房子，磚造地基，前頭有片悉心照顧的草坪隔開了住家與農場。比起本汀鎮的家家戶戶，以及周遭農業區的房舍，這棟房子大上許多，然而建築風格或室內裝潢卻沒什麼不同。在阿拉巴馬的這一區早已看不見種植園大宅的遺跡了，再輝煌的柱廊，也敵不過貧窮、腐朽、雨水的輪番侵襲。

基恩的妻子蘿絲從門廊前的搖椅上站起身來。

「哈囉，大夫。」她有些緊張地問候，看也沒看他的眼睛：「你最近成了我們家的陌生人吶。」

醫生與她的眼神交會了幾秒。「妳好啊，蘿絲。」他說：「嗨，伊迪絲……嗨，尤金。」——這話是對著站在媽媽身後的一對小男孩、小女孩說的；他接著招呼：「嗨，霸奇！」一位結實矮壯的十九歲小伙子正拐過房子轉角走了過來，懷裡抱著顆大圓石。

「我們打算沿著前頭修一座矮牆——看上去會整齊點。」基恩解釋。

他們長久以來都對醫生心懷敬意。這家子要真對他有所怨懟，無非是因為他們再也沒那個臉誇他是自家的顯赫親戚——「蒙哥馬利地方上頂尖的外科醫生，是啊，當然」——他在蒙哥馬利完成了學業；他也曾在那裡，在更廣闊的世界裡，打下一座山頭，直到後來他逐漸變得憤世嫉俗、喝酒無度，親手葬送了自己的職業生涯。兩年前，他回到老家本汀，買下一間當地藥房的半數股份，繼續執業，但只有在緊急情況下，他才會答應出診。

「蘿絲。」基恩說：「大夫答應要看看品奇。」

房裡比外頭暗上幾分，品奇・詹尼躺在床上，他的雙唇扭曲，藏在新冒出的鬍髭底下，顯得既刻薄又慘白。醫生解下了他頭上的繃帶，他的呼吸聲轉作低沉的呻吟，但他圓滾滾的身體動也不動。幾分鐘後，醫生重新包上繃帶，接著和基恩以及蘿絲一起走回門廊。

「貝勒不願意動手術？」

「不願意。」

「他們為什麼不在伯明罕開刀？」

「我不知道。」

「嗯，」醫生戴上了帽子。「子彈得拿出來，而且要快。它壓迫到頸動脈鞘。這可是——總之呢，從他的脈搏來看，你們是送不到蒙哥馬利的。」

「那我們要怎麼做？」基恩倒吸了一口氣，同時，他的問題還拖了條安靜的小尾巴。

「去把貝勒找來好好想想。不然就從蒙哥馬利找個人來。要是及時動手術，他有大概百分之二十五的機會活命；不動手術他必死無疑。」

「我們去了蒙哥馬利要找誰？」基恩問。

「隨便哪個不錯的外科醫師都能開。要是貝勒有那麼點膽子，就連他也能開。」

忽然間，蘿絲・詹尼走近他身旁，動物的母性本能同時在她眼裡壓抑著、燃燒著。她緊抓住他敞開的大衣。

「大夫，你來動刀吧！你行的。你曉得你從前跟所有的外科醫生一樣厲害。求求你了，大夫，你來動刀吧！」

他往後退了一小步，她的手滑下他的大衣，接著他抽出雙手攤在面前。

「看見這雙手有多抖了嗎？」他刻意帶著酸溜溜的語氣：「妳看得夠仔細就會懂。我不敢再幫人動手術了。」

「你一定行的。」基恩急忙插話：「只要喝一杯，你的精神就來了。」

醫生搖了搖頭，看著蘿絲說：「不。妳瞧，我做的決定不可靠，事情要是有個萬一，就會變成像是我的錯。」他有點在演戲了——他謹慎選擇了接下來的用字：「我聽說，我發現瑪莉・戴克是餓死的時候，當場有人質疑我的意見，說我是酒鬼。」

「我可沒這麼說。」蘿絲快要不能呼吸，她說了謊。

「當然不是說妳，我提起這件事只是想表示我做事得小心再小心。」他走下臺階。「總之，我的建議是再去找貝勒來看看，或者，要是他不肯，就從城裡找個人來。晚安。」

但他還沒走到柵門前，蘿絲就一把鼻涕一把眼淚地追上了他，氣得眼珠子往上吊。

「我是說了，說你是個酒鬼！」她哭喊：「那時你說瑪莉・戴克是餓死的，說得好像全是品奇的錯——你啊，整天只知道往嘴裡灌酒！我們怎麼知道你搞不搞得清楚自己在幹嘛？你又為什麼這麼在意瑪莉・戴克，行行好——那女孩只有你一半年紀吶？每個人都見到了她有多常走進你店裡，找你說話——」

基恩跟了上來，抓住她的手。「給我閉嘴，蘿絲……快走吧，佛雷斯。」

佛雷斯開走了，他在下個彎道停下車，就著扁壺喝了起來。在休耕的棉花田另一頭，一望可見瑪莉・戴克曾住過的房子，要是早在六個月前，他或許會繞過去問問她今天怎麼沒來他店裡喝她的免費汽水，或者送她早上推銷員留下的化妝樣品，逗她開心。他不曾向瑪莉・戴克吐露自己的情愫；想都不敢想——她十七，他四十五，何況他早就無所謂未來是好是壞了——但一直到她和品奇・詹尼私奔去了伯明罕，他才明白過來，原來自己寂寞的生活裡有了對她的愛是多麼地彌足珍貴。

他的思緒飄回了弟弟的房子。

「好吧，要是我還有那麼點修養，」他想：「我不會做得這麼絕。還有，可能還會有另一條人命要為那條髒狗犧牲，如果他小命不保，蘿絲肯定會說是我害死了他。」

然而，這麼一走了之還是教他心裡十分不好受；倒不是說他還能變出什麼不同做法，只不過一切都顯得如此醜惡。

他回到家還沒十分鐘，一輛車就在外頭嘰嘎停下，霸奇・詹尼走進門來。他閉緊了嘴，瞇細了眼，像是在找到這股怒氣該發洩的對象前，他不准自己全身上下露出一絲絲的怒火。

「嗨，霸奇。」

「我來是想告訴你，佛雷斯伯父，你不能那樣跟我媽說話。我會要你的命，你竟然跟我媽那樣子說話！」

「閉嘴，霸奇，給我坐下。」醫生厲聲說。

「她為了品奇的事都快熬出病來了，你還就這麼跑過來，跟她說些有的沒的。」

「你媽傷人的話也沒少說，霸奇。我都吞下去了。」

「她不知道自己在說些什麼，你應該要體諒她的。」

醫生沉吟了一會兒。「霸奇，你覺得品奇這個人怎麼樣？」霸奇不安地遲疑了一陣。「唉，要說瞧得起他嘛，這話我說不出口。」——他的語調變得強硬起來——「但再怎麼說，他是我唯一的兄弟——」

「先等等，霸奇。那你覺得他對瑪莉・戴克好嗎？」

但霸奇掙脫了猶豫，此刻，他任由自己的怒氣全面開火：「那不是重點；重點是，只要有誰對我媽不客氣，就由我來討回公道。全家就你一個人受了那麼多教育——」

「我是自己念上去的，霸奇。」

「我不管。我們會再試著找貝勒大夫回來動手術，不然就是找個城裡的傢伙。但要是沒輒，我就會回來找你，到時候就算我得拿槍逼你，你也得把那顆子彈給我拿出來。」他微微喘著氣，點了點頭；接著轉身出門，揚長而去。

「我覺得啊，」醫生喃喃自語：「我在契爾頓郡再也不得安寧了。」他喚來了黑人小僕從在桌上擺出晚餐。接著他為自己捲了根菸，走出了後門陽臺。

天氣變了。一時間，天空濃雲密布，草地不安地騷動著，一陣雨點驟然掃過，驟然消停。前一分鐘還有著暖意，但片刻間，他額前的細汗已透著冰涼，於是他拿出手帕抹乾汗溼。有陣嗡嗡聲在他耳裡揮之不去，他吞了吞口水，然後甩了甩頭。一度覺得自己肯定是病了，但忽然間，嗡嗡聲遠離了他的腦袋，聲音漸鼓漸漲，更加響亮也更加迫人，像是一列火車轟隆駛近的呼嘯。

II

霸奇・詹尼在回家半途上望見了它——一團巨大的烏雲壓境而來，雲腳低得碰上了地面。他緊盯著動靜，儘管看不真切，但雲團似乎正四面八方擴張，一副要席捲整片南方天空的勢頭，接著他看見了雲隙間隱隱閃著蒼白的雷焰（同時耳旁的呼嘯聲不斷增強）。此刻，他已身在強風之中；黑暗逐漸增長，吹飛的破瓦、斷枝殘屑、銳利的碎片、難以辨認的大型物件，一樣樣從身旁飛掠而過。他憑直覺下了車，現在幾乎無法頂住風勢站穩，他跑向堤防，或者不如說，他感覺自己是給大風甩飛，然後釘上了堤防。用不了多久，兩分鐘時間，他已然掉進群魔亂舞的黑暗中心。

首先傳來了聲音，同時他也是聲音的一部分，隱沒其中，任憑擺布，要是聲音消失了，他也就蕩然無存。這聲音不是東拼一聲西湊一響，它就是**聲音**本身；是一把巨大的琴弓吱吱嘎嘎地擦過宇宙的琴弦。聲音與力量是一體的。聲音伴隨著力量，拎著他往原以為是堤防的地方走，像是押解人上十字架一般。風吹得他的臉只能歪向一邊，電光石火間，他看見了自己淪落在某個地方的車子微微跳了一跳，側掀起半圈，接著一路無奈地狂顛猛跳，搖搖晃晃消失在田地深處。接著轟炸開始了，聲音將它的連綿砲響化整為零，變作一把巨型機關槍狂轟濫炸。半懵半醒間，他感覺自己也成了那些轟炸聲的一部分，感覺自己被抬離堤邊，劃破了空間，劃破了團團障眼、割人的粗枝細葉，接著，數不清有多長一段時間，他完全不知道發生了什麼事。

他的身體疼痛了起來。他躺在樹頂的兩截枝杈間；空氣中滿是塵土、雨水，而他耳裡聽不見半點聲音；又過了好長一段時間，他才意識到自己藏身的這棵樹已經被吹倒了，而松針間這一小處容身的天地，距離地面才不過五呎高。

「喂，夠囉！」他憤怒地大吼：「喂，夠了吧！拜託，什麼鳥風！喂，夠囉！」

痛苦與恐懼教他機警了起來，他猜想，之前他一定是站在樹根上，接著大松樹被連根拔起，同時間，那股凶猛的扭力連帶把他給彈飛了出去。他從頭到腳檢查了一番，發現自己的左耳裡灌滿了泥沙，像是有人把他的耳裡翻出模來。他的衣服破破爛爛，大衣後襬從縫線處綻開，而他持續感覺到幾陣胡亂闖蕩的狂風試著鑽進縫裡，像是要扒光他的衣服般侵門踏戶，來到他的臂膀下緣。

下到地面後，他朝著父親家的方向出發，但眼前他要穿越的地貌如今又新又陌生。那**玩意兒**——他還不曉得那是場龍捲風——行經之地，闢出了一條四分之一哩寬的道路，隨著塵埃緩緩落定，眼前從所未見的景色教他困惑了起來。從這兒就能看見本汀教堂鐘樓簡直像在作夢；以前兩地之間還有好幾叢小林子才對。

但這又是哪兒？照理說，他人應該在鮑德溫家附近；他磕磕絆絆地走著，腳下的木板堆積如山，像是座疏於維護的鋸木廠，霸奇這時才意識到鮑德溫家沒了，接著，他發了瘋似的四下張望，山丘上的涅考尼家不見了，下頭的沛爾澤家也消失了。四下沒有一盞燈火，沒有一絲聲息，只聽得見雨水落上傾木的聲音。

他加緊腳步跑了起來。望見遠處父親房子的大致輪廓，他終於放下心來，歡呼了聲「嘿！」。但走近一看，他才發現房子少了某些部分。主屋外的倉房全沒了，還有品奇所在的加蓋側樓也被整棟刮得乾乾淨淨。

「媽媽！」他開始喊人：「爸！」沒人回應；綁在外頭的狗靜靜地舔著腳掌……

……二十分鐘後，詹尼大夫把車停在他本汀鎮的藥房前，周圍一片漆黑。電燈早熄滅了，但街上有人拎著提燈，過了不久，他身邊就聚集起一小群人。他急忙打開門鎖。

「誰去把老威金斯醫院的大門撬開。」他指著對街。「我車裡載著六個重傷病患。我需要一些人手抬他們進去。貝勒大夫來了嗎？」

「他來了。」黑暗中傳來七嘴八舌的熱切回覆，同時醫生提著出診包，穿過群眾前進。燈籠的火光照耀下，兩人面對面站著，忘了他們其實互相看不順眼。

「天知道還會來多少人。」詹尼大夫說：「我要趕快換裝還有消毒。會有很多人骨折——」他提高了音量：「誰給我找個大木桶來！」

「我先從那邊的開始處理。」貝勒大夫說：「有大概七八個人慢慢進來了。」

「我到之前做了什麼？」詹尼大夫追問：「他們聯絡伯明罕和蒙哥馬利了嗎？」

「電話線都斷了，但電報拍出去了。」

「嗯，叫人去把柯恩醫生從威塔拉找來，然後跟那些有車的人說，上威拉德高速公路，再往科西嘉切，到那裡以後就沿路開到底。平價商店附近的那個交叉路口周圍一棟房子都不剩了。我經過很多跑來求救的人，每個人都受了傷，但我沒位子載更多人了。」他一面說一面把繃帶、消毒水、藥物往毯子裡拋。「我以為我的庫存遠遠不只這些！啊，等等！」他高呼：「誰開去看看伍利他們家住的那塊谷地。直接從田裡開過去——路都堵住了……啊，你有雨帽吧，艾德・詹克斯——還是沒有？」

「有的，大夫。」

「看見我這堆東西了嗎？你去把店裡所有看起來差不多的東西都蒐集起來，然後送來對街，懂嗎？」

「好的，大夫。」

醫生走到街上，此時受災者紛紛湧進鎮子裡——有個女人帶著傷勢嚴重的孩子徒步前來、四輪平板馬車上頭載滿了哀哀呻吟的黑人、情緒激動的男人們喘著大氣說起事情有多可怕。燈影朦朧的黑暗中，混亂、歇斯底里無所不在。一位滿身爛泥的記者從伯明罕乘著掛邊車趕到現場，車輪輾過阻街礙道的滿地電線、灌木，還有從三十哩外的古柏開來了輛警車，警笛聲嗚嗚不絕。

群眾已經圍堵在醫院門前，一掃三個月來沒幾個病患上門的慘澹景況。醫生擠過臉色蒼白的混亂人群，在最前頭的病房就位，心中慶幸還好有用一張張舊鐵床拉出排隊動線。貝勒醫生已經在大廳另一頭忙了起來。

「去幫我找半打提燈來。」他指示。

「貝勒醫生需要碘酒和醫療膠帶。」

「沒問題，拿去吧……嘿，辛奇，你去站在門邊把所有人擋在外頭，那些連走都不能走的才放進來。誰去四處跑跑，找找看雜貨店裡還有沒有蠟燭。」

外頭街道上人聲沸騰——女人的哭叫聲、努力疏通道路的義工團體各說各話、人們欲言又止的緊繃氣氛逐漸變得不可收拾。接近午夜時分，第一批紅十字會人員抵達，但三位醫生以及不久後從鄰村趕來支援的兩位大夫早就失去時間概念了。十點鐘開始陸續有死者送了進來；二十、二十五、三十、四十——傷亡名單不斷增長。這些人沒什麼好爭先恐後的了，他們個個像是純樸的莊稼人，在後頭的庫房裡老老實實地等著。同一時間，傷者河水般湧了進來——成百上千個傷者——流遍這座只能容納二十人的老醫院。風災造成人們腿骨、鎖骨、肋骨、髖骨骨折，背部、手肘、耳朵、眼皮、鼻梁受傷；有人被飛過的板材挫傷，有人被莫名其妙的異物刺傷莫名其妙的部位，還有個男人整片頭皮被剝了下來——他康復以後還會長出一頭新髮的。無論是死是活，詹尼大夫認得每張臉孔，也幾乎叫得出每個人的名字。

「妳先別想太多，比利會沒事的。抓緊點，讓我把這裡綁好。每分鐘都有人湧進來，但是這裡暗得要命，他們連要找自己都找不到——好了，奧奇太太。小事一樁。伊弗接下來會用碘酒輕輕擦一下……現在我們換看看這位先生。」

兩點鐘。威塔拉來的老醫生撐不住了，但有幾位蒙哥馬利來的生力軍頂上了他的位置。房間的空氣中瀰漫著濃重的消毒水味，飄浮著哄鬧不停的說話聲，一層又一層穿過逐漸加深的疲勞，模糊傳進醫生耳裡：

「……一圈又一圈——吹得我翻了一圈又一圈。我抓住一叢灌木，結果灌木也一起捲了進去。」

「**傑夫！傑夫人呢？**」

「……我敢說那頭豬漂了起碼一百碼——」

「**傑夫在哪裡？**」

「他說：『我們下去地窖躲躲。』然後我說：『我們家又沒有地窖——』」

「——如果擔架用完了，就去找幾塊輕一點的門板。」

「……五秒鐘？拜託，更像是五分鐘好嗎！」

就在某個時刻，他聽見有人看到基恩、蘿絲和他們最小的兩個孩子在一起。進城路上他經過他們家，看到房子還在他就加速趕路了。詹尼一家相當幸運；醫生自己家也在風暴掃過的範圍之外。

直到醫生發現街上的電燈忽然亮了起來，接著瞥見在紅十字會前排隊領熱咖啡的群眾，他才意識到自己有多疲倦。

「你最好去休息一下。」一位年輕的醫生說話了：「我會負責這半邊房間。有兩個護士幫我。」

「好吧——好吧。先等我看完這一排。」

傷者的傷口一包紮好就搭上火車，盡快後送到各個城市，他們留下的空位很快被其他人取代。他只剩下兩床要處理——就在第一張床上，他發現了品奇・詹尼。

他將聽診器貼上心臟，心臟微弱地跳動著。虛弱成這副德行，離鬼門關只差一步，他還是熬過了這場風暴，實在不簡單。品奇是怎麼來的，又是誰找到他、把他帶來的，恐怕沒有人知道謎底了。醫生做了全身檢查；他身上有小瘀青、小傷口、斷了兩根手指、還有每個傷患身上都有的狀況，耳裡塞滿塵土——就這樣。好一陣子，醫生陷入猶豫，但即使他閉起雙眼，瑪莉・戴克的形象也似乎已離他好遠好遠，像在躲著他。某種無關乎個人情感的純粹職業慣性在他心裡蠢蠢欲動，而他無力將它趕出腦海。他伸出雙手拿到面前；兩隻手正微微顫抖。

「真是見鬼！」他咕噥著。

他步出房間，走到大廳角落，拿出口袋裡的扁瓶，裡頭裝著最後一點他下午喝的兌水波本酒。他一仰而盡。回到病房後，他消毒了兩件手術器具，接著對準品奇顱底的一塊方形區域施打局部麻醉。附近的傷口已經癒合，包覆住子彈。他叫來一個護士到他身旁協助，接著握起手術刀，單膝跪在姪子的床前。

III

兩天後，醫生緩緩開車在充滿愁雲慘霧的鄉間打轉。經過兵荒馬亂的第一晚後，他覺得自己的藥師身分或許會讓同事不自在，所以退下了急診崗位。但還有很多事情得做，偏遠地區持續傳來災害，在紅十字會的主持下，他也投入了援助行列。

惡魔的足跡十分容易追蹤。它穿著七里格魔靴大步邁進，行跡飄忽，一下切過鄉間，一下穿過森林，甚至循規蹈矩地沿著道路前進，碰到彎路才回頭踏上老路。有時也會在一眼望去繁花盛放的棉田裡發現它的蹤跡，只不過這片棉花是從幾百條棉被、幾百張床墊內襯裡扒出來的，重新被暴風種回田裡。

在一落不久前還是黑人小屋的木材堆前，他停了一陣子，聽兩位記者和兩個害羞的黑人小孩講話。他們的老外婆腦袋纏著繃帶，坐在廢墟中啃著一團像是肉的東西，搖椅不停地前搖後擺。

「你們說被吹飛過來的那條河在什麼地方？」其中一位記者發問。

「那裡。」

「哪裡？」

兩個黑人小孩望向奶奶尋求協助。

「就在你倆身後。」老女人大聲說。

新聞記者嫌惡地望向只有四碼寬的泥濘小溪。

「這哪算是條河？」

「那是條梅納達河，從我還是少女時，我們就是這樣叫的。對啦，那是條梅納達河。他倆被大風捽過去另一邊，準準落在正對頭，全身好好的沒受半點傷。煙囪倒在我身上。」她摸了摸頭，做出結論。

「妳剛說的都是認真的嗎？」比較年輕的那位記者怒氣沖沖地質問：「他們飛過的就是那條河！然後有一億兩千萬人就要因此相信——」

「得了吧，老弟。」詹尼大夫打斷他們：「以這一帶來說，那算是條河沒錯啦。等這兩個小傢伙長大，這條河也會越長越大哩。」

他丟下二十五分硬幣給老女人，接著繼續往前開。

行過一座鄉間教堂，他停下車，點了點墓園裡滿目瘡痍的棕土新墳。他就快接近大屠殺的中心了。原本位於此地的浩登家有三人喪命；原址只留下憔悴的煙囪、一灘垃圾，還有一紮倖免於難的稻草人諷刺地歪在菜園裡。在對街的屋舍殘骸裡，一隻公雞昂首闊步地走在鋼琴上，聒噪地發號施令，滿地的箱籠、靴子、罐頭、書籍、日曆、地毯、椅子、窗框、一架變形的收音機、一臺缺了腿的縫紉機，現在全歸牠所有了。寢具散落得到處都是——被子、床墊、彎曲的彈簧、撕裂的填充物——他以前從沒想過人們一輩子有多少時間花在床上。四地遍野，身上沾滿消毒水的牛、馬重新回到田間吃草。每隔一段距離就設有紅十字會的營帳，醫生撞見小海倫．基爾潤坐在一頂營帳旁，雙手抱著灰貓。還是同樣的故事，見慣的木材堆，就像是有個孩子原本好好玩著蓋房子遊戲，結果脾氣一來直接拉倒不玩了。

「哈囉，親愛的。」他開口招呼她，一顆心沉了下去：「貓貓喜歡龍捲風嗎？」

「她不喜歡。」

「她怎麼說?」

「她喵喵叫。」

「噢。」

「她想跑去外面,但是我抱住了不讓她跑,她就抓我——你看到了嗎?」

他瞄了瞄紅十字會的營帳。「現在有誰在照顧妳?」

「紅十字會的阿姨還有威爾斯太太。」她回答:「我爸爸受傷了。他擋在我前面,這樣房子才不會倒在我身上,我擋在貓貓前面。他在伯明罕的醫院。等他回來,我覺得他會重新蓋好我們家。」

醫生一陣瑟縮。他明白,她爸爸沒辦法再蓋什麼新家了;他今天早上死了。她只剩下自己,而她還不知道自己只剩下孤單一人。黑暗的天地圍繞著她展開,不仁不赦,無知無覺。他問起:「妳在別的地方還有其他親戚嗎,海倫?」她可愛的小臉蛋充滿信心地迎向他。

「我不知道。」

「再怎麼說,還有貓貓陪妳,對吧?」

「牠只是隻貓咪。」她冷靜地承認,但立刻因為自己背叛了她的小寶貝而痛苦萬分,於是她把貓攬得更緊。

「還要照顧貓咪一定很辛苦吧。」

「噢，不會啦。」她馬上回答：「牠一點都不麻煩。牠幾乎什麼東西都不吃了。」

他的手摸上了口袋，接著一瞬間改變了主意。

「親愛的，我晚一點再回來看妳——今天晚點就來。妳要照顧好貓貓喔，好嗎？」

「噢，好。」她輕聲回答。

醫生繼續向前開。他在一棟躲過暴風肆虐的房子旁停下。主人華特・庫普斯正在前廊清理他的霰彈槍。

「你做什麼，華特？想把下個龍捲風打下來嗎？」

「不會再有龍捲風來了。」

「這可難說。你現在抬頭看看。天空變得有夠黑的。」

華特笑了出來，拍了拍他的槍。「再說吧，你當我傻了呢。這玩意兒是拿來對付搶匪的。這一帶很多趁火打劫的傢伙，不光是黑人。行行好，你回鎮上的時候跟他們說派些國民兵來。」

「我現在就去跟他們說。你還好？」

「我還好，感謝上帝。我們一家六口都在屋子裡。暴風只捲走了一隻母雞，搞不好它現在還帶著牠到處跑哩。」

醫生繼續往鎮上開，心頭有股難以消受的不安，毫無來由。

「都是天氣害的。」他想：「上星期六的空氣裡也瀰漫著同一種感覺。」

這個月來，醫生心裡時刻有股從此一走了之的衝動。曾幾何時，這片鄉野彷彿許諾著平靜。每當那股暫時帶他從耗神費力的常態中抽離的動力消磨殆盡，他就回到這裡休息，去看看大地生長，去過過與鄰居同樣簡單、快樂的生活。平靜！他知道，最近的家族紛爭永遠沒有和解的一天了，事情永遠不會回到從前；它會永永遠遠地苦澀下去。加上他也親眼目睹了寧靜的鄉間一夕變為傷慟之地。這裡再也沒有平靜可言了。向前走吧！

途中，他追過了正往鎮上走的霸奇・詹尼。

「我正要去找你。」霸奇皺著眉頭說：「你畢竟還是幫品奇動了手術，對吧？」

「上車吧……對，是我動的刀。你怎麼知道的？」

「貝勒大夫告訴我們的。」他匆匆朝醫生瞥了一眼，而醫生可沒錯過其中蘊含的猜忌。「他們不認為他撐得過今天。」

「我替你媽感到難過。」

霸奇令人不快地笑出聲來。「是喔，你很難過。」

「我說的是我替你媽難過。」醫生厲聲說。

「我聽到了。」

他們靜靜地駛了一陣子。

「你找到車了嗎？」

「我有沒有找到車？」霸奇淒慘地笑著。「我是找到了一些東西——我不知道你會不會說那是輛車。還有，你知道嗎，我本來可以花二十五分錢保龍捲風險。」他的聲音憤怒地顫抖：「二十五分——但是誰會想到要保龍捲風險？」

天色變得越來越黑，遠從南方傳來了細微的劈啪雷響。

「唔，我只希望，」霸奇瞇細了眼，目光掃過。「你幫品奇動手術的時候不是一面喝一面操刀。」

「這麼說吧，霸奇。」醫生緩緩地說：「其實這全是我搞的骯髒把戲，是我把龍捲風帶到這裡來的。」

他並不預期這番挖苦有什麼效果，但他瞄見霸奇表情的一瞬間——還以為他準備要還以顏色。他的臉像魚一樣白，嘴巴開開，兩眼死瞪著，喉嚨傳出孩子般的抽噎聲。他無力地在身前舉起一隻手，醫生接著就明白發生了什麼事。

不到一哩之外，一團龐大的陀螺形黑雲覆滿了天空，乘著氣流沉降、打旋，朝他們的方向轉進，打先鋒的強風已經呼嘯而至。

「它回來了！」醫生大吼。

在他們前方五十碼開外，有座橫跨畢爾比溪的舊鐵橋。他大腳踩下油門，往橋直衝而去。田間滿是朝相同方向奔逃的人影。一抵達橋邊，他馬上跳出車外，扯著霸奇的臂膀。

「下車，你這傻子！下車！」

一團鬆垮垮的肥肉蹣跚滾下了車；沒多久，他們就湊成了六人團體，擠在橋和溪岸搭出的三角空間裡。

「它會往這邊過來嗎？」

「不會，它轉向了！」

「我們只能丟下爺爺不管！」

「噢，救救我，救救我！耶穌救救我！幫幫我吧！」

「耶穌啊，拯救我的靈魂吧！」

外頭風勢勁急，狂風往橋下伸出一根根小觸鬚，異樣的張力教醫生渾身起了雞皮疙瘩。一陣寧靜突如其來，狂風止息，只有一陣疾雨唰地掃過。醫生爬向橋邊緣，小心翼翼地抬頭張望。

「它通過了！」他說：「我們碰到的只是邊緣；暴風中心從我們右邊過去了。」

暴風清晰可見；有一會兒，他甚至可以辨識出當中的物體——灌木叢、矮樹、層板、疏鬆的土壤。他往外再爬得更遠一些，試著拿出手錶計時，但厚重的雨幕模糊了視線。

他渾身濕透地爬回下方。霸奇正倒在遠處的角落裡發抖，醫生搖了搖他。

「它往你們家的方向去了！」醫生大喊：「你給我振作點！房子裡有誰？」

「沒人。」霸奇咕噥：「他們都和品奇在一塊。」

雨點換作了冰雹；先是小碎粒，接著冰粒越來越大，越來越大，大到落上鐵橋的聲響像是震耳欲聾的軍號。

橋下逃過一劫的可憐人緩緩地恢復過來，驚魂甫定的大伙間，不時夾雜著歇斯底里的吃吃竊笑。壓力只要超過某個程度，神經系統就會不顧體面、拋棄理性地自我調適。就連醫生也感染上了大家的情緒。

「說是災難還太輕描淡寫哩。」他乾巴巴地說：「它還會帶來大麻煩。」

IV

那年春天阿拉巴馬境內再也沒有龍捲風了。大家普遍以為調頭而來的第一個龍捲風——其實是第二個；對契爾頓郡的人來說，暴風就像位具體的異教神祇，是實實在在的力量化身——祂帶走了包括基恩・詹尼家在內的十二間房子，傷了大約三十人。但這一次——或許因為大家都摸索出了一套自我保護的方法——沒有造成任何死傷。作為最後的演出高潮，龍捲風划向本汀大街鞠躬謝幕，它放倒了電話桿、撞進三間店鋪，包括詹尼大夫的藥房。

來到週末，一間間房舍拿舊板子重新蓋了起來；接著在漫長、生機繁茂的阿拉巴馬夏日結束前，所有墳頭上的青草也會再次充滿綠意。但還要經過好幾年，鄉里間才會停止用「龍捲風前」和「龍捲風後」衡量前後發生的大事——對許多家庭來說，事情永遠回不到從前了。

詹尼醫生覺得再也沒有比這更適合離開的時間了。他賣掉了藥房僅存的東西，慈善捐助和天災侵襲剝了他兩層皮，接著他把房子交給弟弟，直到基恩重建好自己的家園為止。他打算搭火車進城，因為他的車先前被風吹去撞樹，沒得指望它開到比車站更遠的地方了。

途中好幾次，他在路旁停下與人道別——其中一回碰上了華特・庫普斯。

「所以它還是找上門了。」他說著望向原址中孤苦零丁的憂鬱後屋。

「簡直亂七八糟。」華特回答：「不過回頭想想；我們一家六口不是在房子裡就是在房子附近，而且沒人受傷。光這點我就已經夠滿足，夠感謝上帝了。」

「你確實好運啊，華特。」醫生同意。「借問一句，你有沒有聽說什麼消息，紅十字會把小海倫・基爾潤帶去了蒙哥馬利還是伯明罕？」

「蒙哥馬利。哎，她帶著那隻貓進城的時候我人在那兒，看她到處找人幫貓咪的爪子包繃帶。她肯定是穿過大雨冰雹什麼的走了好幾哩，但心裡想的只有她的小貓。我覺得自己很不應該，但是看到她這麼奮不顧身，還是忍不出笑了出來。」

醫生沉默了一陣子。「你想得起她還剩下什麼親人沒有？」

「我不知道，哎。」華特回答：「但據我所知是沒有。」

醫生的最後一站停在了他弟弟家前。他們全家都在，就連最小的也在廢墟裡幫忙；霸奇搭好了一座小棚子，暫時存放從房裡救出的什物。除此之外，四下還看得出風雨前整齊模樣的，只剩下之前圍出花園的白色圓石擺設。

醫生從口袋裡掏出一百塊鈔票，交到基恩手中。

「你方便的時候再還就好，不用勉強。」他說：「這是我賣掉店的錢。」他不讓基恩道謝：「等我把書送來，再幫我仔細收好。」

「你到那邊以後有打算繼續開業嗎，佛雷斯？」

「我或許會試試看吧。」

兩兄弟握緊了彼此的手好一陣子；最小的兩個孩子走上前來道別。蘿絲站在後頭，一身藍色舊洋裝——她沒錢為她死去的大兒子買黑衣穿。

「再見了，蘿絲。」醫生說。

「再見。」她回答，接著有氣無力地補了句：「祝你好運，佛雷斯。」

有一刻，他想著要說些體己話，但他心裡也明白，如今說什麼都於事無補了。他眼前對抗的是母性本能，也正是同一股力量，領著小海倫與她受傷的貓咪挺過風暴。

他在車站買了往蒙哥馬利的單程票。遲來的漫天春意下，村莊死氣沉沉，隨著火車離站，想也奇怪，六個月前，這裡對他來說似乎還和其他地方沒太大不同。

普通車廂的白人區裡只有他一個人；沒多久，他就伸手往自己屁股摸去，接著抽出了酒瓶。

「畢竟吶，一個男人四十五歲了才要重頭開始，用酒精給他添點勇氣也不為過吧。」他考慮起海倫的事：「她已經沒有任何親戚倚靠了。我想，她是我的小女孩了。」

他摩挲著酒瓶，接著垂下眼神盯著它瞧，彷彿大夢初醒。

「好吧，我們得暫時把你晾在一旁囉，老朋友。每隻值得不怕麻煩、不計付出照料的貓咪，都需要大大地補充B級牛奶。」

他坐進自己的座位，望向窗外。恐怖的一週記憶猶新，風依舊在他身旁遊走，像是穿過車廂走道的對流風般排闥直入——旋風，颶風，龍捲風——灰的、黑的，想得到的、想不到的，從天而降的、打地獄洞窟冒出來的——全世界的狂風都來了。

但只要他還幫得上忙——他絕不讓它們再碰海倫一根寒毛。

他短短打了個盹，但揮之不去的夢境驚醒了他：「爹地擋在我前面，我擋在貓貓前面。」

「沒事了，海倫。」他像是平常一樣，大聲地自言自語：「我想我這艘老雙桅船還有陣子沉不了——管它吹的什麼風。」

一個作家的午後

Afternoon of An Author

本篇刊登於《君子》（*Esquire*）雜誌一九三六年八月號。

寫這篇作品時，費滋傑羅正和女兒弗朗西絲兩個人住在巴爾的摩市內的公寓裡。因為得了精神病的塞爾妲住進了當地的醫院。他的工作不如預期順利，身體狀況不佳，還背負高額債務。雖然商業雜誌依然希望他能一如既往地創作都會風格戀愛小說，然而正陷入逆境的他，實在提不起勁去寫那樣輕鬆的東西。文風差距之大令他苦惱不堪。

費滋傑羅把那樣陰暗的日常生活，以「私小說」般淡淡地寫下來。體裁雖是小說，但所描寫的心情，其實是費滋傑羅自身的感觸。這時候他才不到四十歲……

——村上春樹

I

一覺醒來，他感到幾星期以來從所未有的舒暢，逐漸明顯的事實教他沮喪起來——他感覺不出有哪裡不舒服。他背抵著臥房和浴室間的門框好一會兒，終於明白自己沒有頭暈。哪怕彎腰撿起床下一只拖鞋，也沒感到絲毫暈眩。

在這明媚的四月早晨裡，他卻搞不清楚現在幾點鐘，已經很久沒人給他的時鐘上發條了。他回頭穿過公寓走進廚房，發現女兒吃過了早餐，人不在，信送了進來，所以時間應該是九點出頭。

「我今天想出門一趟。」他對女傭說。

「這對你有幫助——今天天氣不錯。」她出身紐奧良，面貌和膚色看上去像是阿拉伯人。

「給我和昨天一樣的兩顆蛋、吐司、柳橙汁還有茶。」

他在公寓另一頭的女兒座位旁一面踱步，一面讀信。那是封煩人的信，沒半點教人開心的消息——大多是帳單和廣告，廣告上頭印著一位奧克拉荷馬日校男同學和他翻開的簽名相冊。山姆・高德溫或許會和史佩斯威沙合作拍支芭蕾電影，也或許不會——這得等到高德溫先生從歐洲回來，他說不定又有了一堆新想法。派拉蒙影業想要作家授權一首出現在他書中的詩，他們不知道是作家原創還是引用的。或許他們想用作片名。無論如何，權利根本不在他手中——早在幾年前他就賣出了默片版權，去年連有聲電影版權也賣了。

「我沒那個搞電影的命，」他對自己說：「還是做好你的本分吧，老兄。」

他用著早餐，一面望著窗外的學生穿梭大學校園間換教室。

「二十年前我也和他們一樣忙著換教室。」他對女傭說。她露出了青澀名媛般的微笑。

「如果你要出門，」她說：「留點現金給我。」

「喔，我沒那麼早出門。我還會工作兩到三小時。我是說到傍晚吧。」

「開車嗎？」

「我才不開那輛破銅爛鐵——要有誰出五十塊我就賣了它。我會搭雙層巴士進城。」

早餐後他小寐了十五分鐘，接著走進書房開始工作。

問題是，這篇寫給雜誌的故事發展到了中段就顯得十分單薄，薄得像是吹口氣就要飛走。故事情節像是爬著沒有盡頭的階梯，沒有準備好的驚喜元素，而前天看來還美妙絕倫的角色，現在卻連在報紙上連載都不夠格。

「是啊，我一定需要出去走走，」他想：「我可以開車下仙納度谷，或是搭船去諾福克。」

但這兩個主意都不切實際——耗時、費力，而時間與力氣他都所剩無幾——還存下的那麼點全得留給工作。他瀏覽了一遍草稿，在好句子下拿紅色蠟筆畫線，整理好收進資料夾，再把其餘故事一條條慢慢撕碎，扔進廢紙簍。

「這個……嘛，我想想啊——」

「現——在嘛，接著呢——應該會——」

「現在嘛我想想，現在——」

折騰了一會兒，他坐下來思考：

「我只是在老調重彈——這兩天根本不該拿起鉛筆的。」

他逐一瀏覽筆記本中「故事靈感」標題下的文字，直到女傭通知他祕書正在線上——自從身體不舒服後他就請了位兼職祕書。

「什麼也沒生出來，」他說：「我剛把之前寫的全撕了。根本不值一提。我下午會出門一趟。」

「這對你有幫助。今天天氣不錯。」

「明天最好來一趟——有很多信件和帳單要處理。」

他刮好鬍子，為了怕自己臨時變卦，又休息了五分鐘才開始換衣服。出門是多教人興奮的事啊——他不想聽到管電梯的小伙子對他說很高興見到您，於是決定改搭後棟電梯，管那部電梯的人不認識他。他換上最好的一套西裝，西裝外套和褲子卻不搭調。六年來他只買了兩套西裝，但都是最高級的——單單這件西裝外套就要價一百一十塊。現在他得有個目的地——四處走馬看花終歸不好——於是他在口袋裡準備了一條給理髮師用的洗髮軟膏，再帶上一小瓶染髮劑。

「好一個神經病，」他評價著鏡中的自己：「你這靈感的副產品，幻夢的渣滓。」

II

他走進廚房和女傭道別，場面弄得像他要去的是南極基地一樣。大戰期間，他僅僅靠著三寸不爛之舌就徵召來一輛機車，從紐約騎回華盛頓，躲過不假離營的處分。如今的他卻小心翼翼地站在街角等待燈號變換，與此同時，一個個擦身而過的年輕人視交通於無物，呼嘯來去。樹下的巴士站綠蔭涼爽，他想起「石牆」•傑克森將軍的遺言：「諸君且渡此河，彼有綠樹之蔭，可作休憩。」那些叱吒南北戰爭的將領們，似乎都在一夕間驚覺自己已疲倦得不成模樣——李將軍縮水了一號，彷彿變成另一個人；格蘭特將軍則汲汲書寫他的回憶錄，直到臨終。

完全如他所料——巴士車頂只有另一名乘客；沿路，樹梢綠枝輕划過每片窗玻璃，就這麼駛過了整座街區。這些枝枒或許該請人修剪了，真是可惜。眼前風光無限——他試著辨明一排房屋的顏色，浮上心頭的卻是母親的一件舊歌劇斗篷，上頭五顏六色，卻又不屬於任何色調——不過是光線反射的結果。不知哪裡的教堂演奏起〈朝覲吾主〉，他納悶起來，聖誕節已經過去八個月了呢。他不喜歡鐘聲，但州長喪禮中鐘聲齊鳴，高奏起〈馬里蘭，我的馬里蘭〉時，那情景教人十分動容。

大學美式足球場上，一群人正拉動滾輪整草，一個標題閃過他的腦海：〈草皮養護員〉，或者〈鶯飛草長〉。關於一個長年養護草皮為業的男人，拉拔兒子上了大學，打進美式足球校隊的故事。而後兒子不幸早逝，男人轉赴墓地工作，兒子腳下馳騁的草皮，換成覆蓋在他身上。這是選集最愛收錄的那種文章，但不是他的調調——通篇浮濫赤裸的對比，像通俗雜誌的故事般僵硬定型，寫這種故事容易多了。然而許多人認為這才是好故事，它既有憂鬱色彩，又深入挖掘內心，而且簡單易懂。

巴士駛過一座落寞的雅典風格車站，站前的藍衣搬運工賦予了它生氣。進入商業區，街道漸縮漸窄，轉眼間街上全是衣著亮麗的女孩，個個都很漂亮——他心想，自己從沒見過這麼漂亮的女孩。街上也有男人，但每個看起來都傻裡傻氣，和鏡中的自己沒兩樣；還有衣裝樸素的老女人，一會兒，女孩間也冒出了些平凡、不討喜的臉孔，但整體來說她們都很可愛，從六歲到三十歲都穿著色彩鮮活的衣服，臉上看不出計較、掙扎，只有暫駐的甜蜜氛圍，帶著一絲挑逗、一絲寧靜。

他小心翼翼地抓穩扶手一步步邁下巴士，走向一個街區外的飯店理髮廳。沿途經過一間運動用品店，他無動於衷地往櫥窗內望了望，只有一只球擋泛黑的一疊手手套稍微引起他的興趣。隔壁是間男裝店，他駐足了好一會兒，看著襯衫的深色調子，還有格紋、花格襯衫。十年前的夏天在里維拉，作家和幾位朋友買了幾件深藍色的工人襯衫。風潮就是從那時開始的吧。格紋襯衫耐看，制服般亮潔，他多希望自己能重回二十歲，精心打扮走進海灘酒吧，光鮮亮麗得像是透納畫中的日落，或是圭多・雷尼筆下的黎明。

理髮廳敞亮，充滿香氛——作家已經有幾個月沒進城辦這例行公事，接著他發現慣常替自己服務的理髮師患了關節炎正在休養；他向另一個男人說明怎麼使用軟膏，辭謝了報紙，然後坐下。有力的手指在他的頭皮遊走，帶給他半是心理半是肉體的愉悅滿足，一時間，所有他心中和理髮廳有關的快樂記憶一口氣湧進了腦海。

他曾寫過一個理髮師的故事。那是一九二九年的事，他在當時居住的城市裡有間最喜歡的理髮店，老闆從一位地方實業家聽來小道消息，入市大賺了三十萬，正準備要退休。作家不玩股票，事實上，他正準備用手邊的積蓄渡海去歐洲過個幾年。但就在那年秋天，他聽說理髮師賠光了所有財產，於是他心有所感地寫了一篇故事，想方設法掩藏所有和現實的連結，只留下世上有位理髮師變得發達，接著摔了跟頭的前後原委；但他聽說，這篇故事在城市裡還是被認了出來，教一些人不太好受。

洗髮結束。他出門走進飯店大廳，管弦樂隊的演奏聲正巧在另一側的雞尾酒間響起，他進門聽著，獃立了好一會兒。他已經好久沒跳舞了，五年來勉強只算得上跳了兩晚。但有篇書評卻在評論他的上本書時提到他喜歡流連夜總會；同一篇書評還說他像是有用不完的精力。這些字句在他心中迴響，不知道是被哪字哪句觸動，一瞬間他崩潰了。他感覺自己眼中盈滿脆弱的淚水，急忙轉過身去。十五年前剛起步時，他們說他是「天生吃這行飯」的，於是他像是奴隸般一字一句辛苦勞動，為的就是不被他們說中。

「我又開始憤世嫉俗了，」他對自己說：「這可不好，很不好——我得趕快回家。」

離巴士到站還有很長一段時間，但他不喜歡計程車，同時他也期待駛過街道兩旁綠葉的巴士，會帶給坐在上層的他一些靈感。巴士終於進站了，他艱難地爬上階梯，雖然辛苦，畢竟值得。他馬上看到一對高中年紀的孩子，一男一女，旁若無人地高坐在拉法葉伯爵的雕像底座，無法將注意力從對方身上移開。他們的兩人世界深深打動了他，他明白，自己能以專業手法從中提取元素，僅僅像是對比自己生命中增生的孤獨，以及越來越仰賴從往事中揀選材料的窘迫，哪怕這些陳年舊事也早已寫盡了。他需要重新復育林地，對此他了然於心，而他希望這片土壤還有肥力能再一次供給植物生長。這片土壤向來不是美地，誰教他早早就養成了愛炫耀的弱點，充耳不聞，閉眼不看。

終於回到公寓——進門前，他抬眼望向自己頂樓房間的窗戶。

「有位成功作家住在這裡，」他對自己說：「我真想知道他正在寫些什麼不得了的書。要能有像他一樣的寫作天賦一定很棒——只需要一枝筆、一張紙，然後坐下來開始寫。隨你什麼時候想寫才寫——隨你開心想去哪就去哪。」

他的孩子還沒回家，但女傭從廚房走了出來，說：「今天過得還不錯吧？」

「好極了。」他說。「我溜了冰、打了保齡球，和摔角手魔山巨漢迪恩混了一會兒，最後去泡了土耳其浴。有電報嗎？」

「沒有。」

「給我一杯冰牛奶好嗎？」

他經過飯廳，頭也不回地直奔書房，落日餘暉中，他那兩千本藏書閃耀的光芒一時讓他睜不開眼。他疲累不堪——他要先躺個十分鐘，起來後再看看能不能趕在晚餐前兩小時找到個靈感開頭。

酗酒個案

An Alcoholic Case

本篇刊登於《君子》雜誌一九三七年二月號。

距離現在將近四十年前，我曾經以〈在酒精之中〉的題名翻譯過這篇作品。因為已經太久了，這次重新譯過。這篇小說的舞臺雖然沒有明確點出地名，但從巴士座位有區分人種來看，可以知道是在南方。我想可能是他所靜養的南卡羅萊納州的阿什維爾。他曾經一度暫住在那裡的旅館，與酒癮奮戰並希望重新再起。

內容真實而黑暗，一般商業雜誌應該不會採用，但《君子》的總編輯阿諾・金瑞契（Arnold Gingrich）是費滋傑羅的忠實讀者，他爭取刊登他的作品，無論在精神上，或經濟上，都盡力支持晚年的他。

——村上春樹

I

「放——開——那——噢——噢！拜託，對，可以嗎？**不要**又開始喝了！別鬧了——瓶子給我拿來。我說過，你必須在我監督下才能喝。拜託。如果你連在外頭都這樣了——那你回到家會變成什麼德性？好嘛——給我好嗎——我會留下半瓶。巴——託。你也聽卡特醫生說了啊——你得在我看管下喝，要不然就是從瓶子裡倒一點點給你——拜託啦——我說了，我累得沒力氣整晚陪你鬧……算了，你就喝到掛吧。」

「妳想來點啤酒嗎？」他問。

「不要，我一滴啤酒也不喝。噢，我差點又眼睜睜地看你灌醉自己。老天！」

「那我就喝可口可樂吧。」

女孩氣喘吁吁地坐在床邊。

「你難道沒有任何信仰嗎？」她質問。

「妳信的我都不信——拜託——酒會灑出來。」

這裡沒有她能做的事了，她想，想幫他只是白費力氣。他們又搶成了一團，但這輪過後，他兩手抱頭，安生地坐了一會兒，跟著再次轉過頭來。

「你敢再上來搶一次，我就整瓶摔掉。」她疾言：「我真的會動手——摔在廁所磁磚上。」

「我會踩到碎玻璃吶——不然就是妳會踩到。」

「那就放手啊——噢你明明說好的——」

忽然間她鬆開了手，酒瓶像是水雷般地從她手底滑落，閃爍紅色、黑色，**加拉哈德爵士，路易斯威爾蒸餾琴酒**幾個字滑不溜丟地閃逝而過。他一把抓住瓶頸，往敞開的廁所門裡扔。

酒瓶碎了滿地，一晌無聲，她讀起《飄》來，都是好久以前發生的事了，但讀起來還是這麼地可愛。她開始擔心起他需要上廁所的時候怎麼辦，於是時不時抬眼盯著他的動靜，怕他走進去可能會割傷腳。她非常睏——前一回抬眼盯梢，他正哭著，看著像是一位她曾在加州照顧的猶太阿伯；他時不時就得跑廁所。這次的案子教她從頭到尾都不開心，但她心想：

「我猜，要不是我一開始滿喜歡他的話，這件案子我早就不做了。」

忽然間，她意識清明了些，於是起身放了張椅子擋在廁所門前。她老早就想睡了，因為他那天一大早就把她挖醒，要她去找報紙，想看看裡頭耶魯對上達特茅斯的比賽報導，所以她整天都回不了家。下午有個親戚來看他，她也就在外頭的大廳裡等著，穿堂風吹了進來，她單薄的制服外頭連件毛衣都沒得加上。

她想盡辦法張羅他入睡。此刻他頹坐在自己的寫字檯前，她搭了件睡袍在他肩上，又拿了一件鋪上他的膝蓋。她坐進搖椅裡，但卻一點也不想睡了；圖表還有很多地方要搞定，於是她放輕腳步四處摸索，找來了一枝鉛筆，寫下：

脈搏 120

每分鐘呼吸 25

體溫 華氏98——98.4——98.2

備註——她有好多可以寫：

試圖搶奪琴酒。丟棄並摔破了酒瓶。

她改了改字句，讓它容易閱讀些：

爭搶過程中摔破了酒瓶。大體而言個案並不願配合。

接著她開始把報告當自己心得寫：**我之後再也不想接酗酒個案了**，但這並不是她的本意。她想她大可七點鐘再起床，趁他姪女起床前把一切收拾乾淨。這全是鬥智鬥力的一部分。但當她坐進椅子，看著他蒼白無力的臉、數著他的呼吸，她不禁揣想，到底事情是怎麼變成這樣的。他今天整天都很乖，還為她畫了整篇連環漫畫，送給她。她要拿回去裱框，掛在自己的房間裡。她彷彿又感覺到他瘦弱的手腕纏著她的手腕角力，接著想起之前他有多口不擇言，但也同樣想起昨天醫師對他說的話：

「你是個很好的人，要好好對待自己。」

她累了，想放著廁所地板上的碎玻璃不收拾，因為等他呼吸一平穩，她馬上就要趕他上床睡覺。但她最後決定還是先把玻璃打掃乾淨；她跪在地上邊找最後一片碎渣，邊想：

——我是何苦要做這些事。**他**又何苦要搞這些事。

她忿忿地起身，凝視著他。微微鼾聲從他優美瘦削的鼻型間飄出，教人嘆息，遙遠，無以慰藉。醫師已經委婉地搖了頭，她也明白，這不是個她應付得來的案子。何況，她仲介所的資料卡上明白寫著前輩給她的建議：「**拒接酒癮患者**」。

她該盡的職責都盡了，但心中還是拋不下一個念想，在她為了搶下他的琴酒瓶滿室糾纏不休時，期間一度暫停，他問她，手肘是不是在門上碰傷了，她回答：「你不知道人家是怎麼說你的，不管你怎麼看待自己——」話沒說完她就懂了，這些事他老早就不在乎了。

玻璃都揀乾淨了——她拿出掃把，以防漏下碎渣，這才發現一灘玻璃破片還湊不成一方小窗，她透過小窗，和自己面面相覷了好一陣子。他對她的妹妹一無所知，也不知道她差點就嫁給了比爾・馬寇，她也不知道他是怎麼走到這步田地的，五斗櫃上有張他年輕的妻子、兩個兒子與他的合照，照片中的他齊整帥氣，他五年前一定是這模樣。這根本完全沒意義——在為收拾玻璃而不慎割傷的手指包上繃帶時，她下定決心，以後再也不接酗酒的個案了。

II

隔天傍晚，幾隻萬聖節的妖魔鬼怪砸裂了公車側窗，她怕開著開著玻璃掉了下來，於是換座到後排的黑人區。她手上有張案主給她的支票，但這個時間沒辦法兌現了；她的錢包裡只剩下一枚二十五分、一枚一分錢硬幣。

兩位她認識的看護正在希克森太太的仲介所大廳等候。

「妳手上是什麼案子？」

「酒癮患者。」她說。

「啊，對啦——葛麗塔·郝克斯跟我說過——妳在照顧那個住森林公園旅社的漫畫家嘛。」

「嗯，是啊。」

「聽說他不怎麼檢點吶。」

「他沒做過教我困擾的事。」她撒了謊：「妳不能未審先判，好像真當他們做了什麼——」

「噢，別不耐煩嘛——我也是鎮子裡隨便聽來的——噢，妳也知道——他們動不動就要妳陪他們一起亂來——」

「噢，別說了。」她說，很訝異自己心裡竟然生起一把無名火。

不一會兒，希克森太太走了出來，請另外兩人再等等，接著示意她進辦公室來。

「我不喜歡塞給年輕女孩這類案子。」她說：「我接到妳從旅館打來的電話了。」

「噢，其實沒那麼嚴重啦，希克森太太。他只是不知道自己在幹嘛，而且他完全沒有傷害我。我比較擔心的是如果沒照顧好，傳出去會壞了您的名聲。他昨天整天都很乖，還給我畫了——」

「我不想把妳派給那件個案。」希克森太太一頁頁翻找著登記卡冊。「妳接結核病的案子嗎，還是不接？嗯，我看到妳這裡寫著願意。現在這兒有個現成的——」

電話鈴鈴響個不停。看護默默聽著希克森太太簡潔明快的說話聲：「我能做的盡量做——這全看醫師怎麼說……這不是我能決定的……噢，還在嗎？哈蒂，不，我現在不行。對了，妳那邊有沒有很會對付酒鬼的看護？森林公園旅社那兒有個案主需要援手。等會回電好嗎妳？」

她放下話筒。「還以為妳會去外面等。這個男的到底是怎樣的人？他有動手動腳嗎？」

「他是有推開我的手過。」她說：「所以我沒辦法幫他注射。」

「噢，還很有力氣嘛。」希克森太太咕噥著：「他們全該進療養院。等我兩分鐘，兩分鐘內就會有件案子進來，妳就去調劑調劑。案主是位老奶奶——」

電話再度響起。「噢，哈囉，哈蒂……嗯，找那個大塊頭的斯文森女孩怎麼樣？我看她對付得了任何酒鬼……不然喬瑟芬・馬克漢呢？她不是住在妳的分租公寓嗎？……叫她聽電話。」一會兒後，她說：「小喬，妳有興趣接個案子嗎？是個有名的漫畫家，或藝術家，隨便他們怎麼叫自己啦，地點在森林公園旅社……不，我不知道，但他由卡特大夫主治，他大概十點到。」

接著是一段長長的停頓；希克森太太時不時岔上幾句：

「我懂我懂……當然當然，我明白妳的顧慮。對，但這應該不是什麼危險的案子——只是案主有點不配合。我一直不愛派女孩到旅館去，因為我知道妳們碰到的很可能都是一些不三不四的人……不，我可以找別人。時間來得及。沒事沒事，謝啦。幫我跟哈蒂說一聲，希望那頂帽子和緞面禮服搭起來好看……」

希克森太太掛上話筒，並在面前的拍紙簿上標上註記。她是個很能幹的女人。她曾當過看護，這行裡什麼糟糕不堪的都經歷過了。實習時，她滿懷光榮、理想、每天奮不顧身地工作，還得承受著聰明的俘虜辱罵、首批經手的病人輕慢，他們覺得，她就是個嫩得連老人都照顧不來，才被立刻派到戰俘營的貨色。她忽然迅速轉過辦公椅來。

「妳想接哪種案子？我剛說了，我手頭有個人不錯的奶奶——」看護的褐眼熠熠亮起，眼裡千思萬緒——她才剛看完巴斯德的傳記電影，讀護校時，她們也都讀過佛羅倫斯・南丁格爾的生平。她們的榮譽感，就像是她們新授的披肩，在寒天裡飄蕩，穿梭在費城綜合醫院附近的街道，彷彿身披毛草的社交新媛款款步入酒店舞會。

「我——我想我願意再試試這件案子。」她在亂響成一片的電話鈴聲回答：「如果您找不到其他人，我馬上可以回去。」

「但前一分鐘妳才說妳再也不碰酗酒的個案，下一分鐘又說妳想回去接酒鬼？」

「我——我想是我高估了這件案子的難度。真的，我覺得幫得上他。」

「妳覺得好就好。但他要是想抓住妳的手腕呢？」

「他沒那個能耐。」看護說：「您看我的手腕：我在韋恩斯伯勒高中打過兩年籃球。對付他我還是很有辦法的。」

希克森太太看著她好一會兒。「嗯，好吧。」她說：「但要記好，就算他們喝醉以後和清醒時說的是同一句話，意思也完全不一樣——這我太有經驗了；找個有事叫得來的服務生，跟他打聲招呼，凡事只怕萬一——有些酒鬼挺可愛的，有些不是這麼回事，但他們全都可能變成爛人。」

「我會記得的。」看護說。

她走出門時，外頭的夜色異常清朗，細霰斜飛，在墨藍的天幕中曳出抹抹飛白。她搭上載她進城的同一輛公車，但現在似乎破了更多扇窗，巴士司機正在氣頭上，嚷著要是哪個小鬼給他逮到，休想他會便宜放過。她明白，他只是在一吐怨氣，就像她心裡也不斷怨懟著酒鬼。待會兒她上樓走進客房，發現他整個人無助、惶惶不可終日的模樣，她會瞧不起他，同時也可憐他。

下了公車，她走下通往旅館的長階，感覺空氣中的寒意教她稍稍抖擻了精神。她會照顧他，是因為沒有其他人願意，也因為這行裡的佼佼者總喜歡接那些沒人想接的個案。她敲了敲他的書房門，馬上整理好接下來要說什麼。他親自應門。他穿著全套晚宴服，甚至連圓頂硬禮帽都戴上了——不過還少了領針和領帶。

「噢，哈囉。」他一派輕鬆地說：「真高興妳回來了。我起床一陣子了，然後決定出個門。妳找到夜班看護了嗎？」

「夜班還是我。」她說：「我決定值全天班。」

他露出和善又淡漠的微笑。

「我有發現妳不見了，但有個預感告訴我，妳會回來。麻煩幫我找找我的領針釦吧。它們要不是在一個小玳瑁盒子裡，就是在——」

他甩了甩身子，讓衣服更合身些，接著把襯衫袖口拉出外套袖沿。

「我以為妳不要我了。」他還是一派輕鬆地說。

「我也這麼以為。」

「要是妳看看那張桌上。」他說：「妳會發現我為妳畫了整系列的漫畫。」

「你要去見誰？」她問。

「總統祕書。」他說。「我亂七八糟搞了半天還是沒弄好。我正要放棄，妳就進來了。可以麻煩妳幫我點杯雪莉酒嗎？」

「就一杯。」她厭厭地同意。

不久，廁所裡傳出了他的呼喚：

「噢，**小看護，小看護，我的生命之光**，另一個領針釦呢？」

「我拿進去。」

走進廁所，她看見他的臉上半是蒼白、半是潮紅，也聞到他呼吸中混雜的薄荷酒與琴酒氣息。

「你會很快起來吧？」她問：「卡特醫生十點到。」

「說什麼鬼話！妳要跟我一起下去。」

「我？」她驚呼：「就這身毛衣、裙子？作夢！」

「那我就不去了。」

「那好啊，回床上去。你本來就該待在那兒。你不能明天再見這些人嗎？」

「不行，當然不行！」

她走到他身後，越過肩膀替他打上領帶——他的襯衫領子因為之前硬要擠過領針，弄得皺巴巴的，於是她建議：

「如果待會得見喜歡的人，你不換件襯衫嗎？」

「好啊，但我想自己換。」

「你為什麼不讓我幫你？」她惱怒地質問：「為什麼不讓我幫你換衣服？這樣還請看護幹嘛——我到底在忙什麼？」

他忽然坐倒在馬桶座上。

「好吧——隨妳。」

「現在可以不用抓著我手腕了吧？」她說，跟著補了句：「麻煩你。」

「沒事啦。又不會痛。妳等下就知道了。」

她幫他一件件脫掉西裝外套、背心、漿挺的襯衫，但在她還沒來得及把襯衣拉過他頭頂前，他趁機吸了口菸，耽擱了她的動作。

「看好囉。」他說：「一——二——三。」

她拉起他的襯衣；同時間，他將紅灰閃動的菸頭尖端像是匕首一般地捅向心臟。菸頭抵上左肋一塊大約一元硬幣大小的銅片，嘶嘶熄滅，接著他喊了聲「哎唷！」，原來有一星火花迷了路，飄上他的肚子。

現在是要比誰更硬派就是了，她想。她知道他的首飾盒裡躺著三枚大戰時得來的勳章，但她自己也冒過不少險：照顧結核病人只是其一，有次情況更嚴重，她事先不知道患者有結核病，醫師也不告訴她，從此她無論如何都不願原諒那位醫師。

「那玩意兒讓你吃了不少苦吧，我猜。」她一面幫他擦拭身體，一面輕輕地說：「這永遠不會好嗎？」

「不會，那是塊銅片吶。」

「嗯，但你也不能拿那當藉口這麼對待自己。」

他一雙大大的褐眼拗向她，精光乍露——接著轉為疏遠、迷惘。他用了短短不到一秒，快速地對她比了個手勢，其中蘊含的，是他的**求死意志**，憑著至今受過的訓練及經驗判斷，她知道自己再也做不了什麼幫得上他的事了。他站起身來，扶著洗臉盆穩住身體，雙眼直勾勾地盯著前方不遠處。

「好了，只要我還待在這裡，你就不准再碰一次那種烈酒。」

忽然間她明白了過來，他在看的不是酒。他看著的，是昨晚摔破酒瓶的角落。她凝視著他俊俏的臉，那張臉無力，卻頑固驕傲——她連稍微別過身去都不敢，因為她知道，死亡就在他看著的角落。她認識死亡——她聽過它、也聞過它的招牌氣味，但她從來沒有在死亡進入某人之前和它面對面，而她知道，這個男人在他的廁所角落裡見到的就是死亡；他虛弱地咳出了幾星飛沫，跟著隨手抹在褲縫邊，同時，它就在那兒看著他。它伴隨著肺結核聽診時的爆裂聲響閃爍了一陣，像是要為他比出的最後手勢做見證。

隔天，她試著向希克森太太表達發生了什麼事：

「您是不可能擊敗它的——不管您費多大的力氣都一樣。這個人大可扭彎、扭傷我的手，我也不覺得有什麼大不了。事情就只是，您沒辦法真的幫上他們什麼，這太教人沮喪了——做多做少，都是徒勞。」

資助芬尼根

Financing Finnegan

本篇刊登於《君子》雜誌一九三八年一月號。

應該稱得上是一種幽默小說吧。費滋傑羅把自己因被債務壓得喘不過去的生活，以虛構的形式寫成諷刺的作品。無論任何題材，他都能從絲毫線索寫成小說，作家費滋傑羅的強韌（創作慾），讓我再次佩服。而且，他這方面所採用的小說風格之多變也到驚人的地步。無論以什麼風格寫作，他的文章就是出色。我想原文巧妙隱含的幽默感，如果也能好好地轉換成日語，不知該有多高興。

史克萊柏納出版社的編輯麥斯威爾．柏金斯，和文學經紀人哈洛德．歐帕，顯然是登場人物的原型，如果他們兩人讀了這篇作品恐怕會抱頭思索，或只是苦笑吧……

——村上春樹

I

芬尼根和我請了同一位文學經紀人處理作品交易事項——雖然我常去卡農先生的辦公室，但總是早一步或晚一步，與他緣慳一面。無獨有偶，我們的出版社也是同一家，時常我前腳才到，芬尼根後腳剛走。從他們說起他就意味深長的嘆息中，我嗅出了一些隱情——

「啊——芬尼根啊——」

「噢是啊，芬尼根來過。」

——看來這位名作家每次到訪總不平靜。有些捕風捉影的議論說，他離開時手上都會多了些東西——是原稿吧，我猜，想必又是一本成就非凡的小說。為了做最後修訂、定稿，他抽走了「它」，也就是傳聞中他結構靈巧、展露機智與幽默的第十部作品。但我漸漸地一點一點發現，每次芬尼根來訪，大多都和錢脫不了干係。

「你不能多留一會兒實在太可惜了。」卡農先生會這麼跟我說：「芬尼根明天會上這兒來。」接著，在一晌意味深長的停頓後，他說：「我可能得會花些時間陪陪他。」

我說不出是他話中的哪個音調，讓我想起了與某位銀行總裁有過的一席談話，他整場神經兮兮、心神不寧，因為據報，那時大盜迪林傑就躲在附近。卡農的雙眼渺渺地看出窗外，望向遠方，接著像是自言自語：「當然，他可能會帶些稿子來。他手上有部正在進行的小說，懂吧。還有一部劇本。」

他說得就像是在描述什麼有趣但遠僻的晚期義大利文藝復興事件；但他的眼睛燃起了希望，同時補上一句：「也可能是短篇小說。」

「他還真能寫啊，不是嗎？」我說。

「噢，是啊。」卡農先生驕傲地挺起胸膛。「寫什麼都難不倒他——只要他集中心思，沒有不成的。從沒有一個人有他這等才華。」

「但我最近沒看到他有什麼作品。」

「噢，但他很努力在寫。有好幾本雜誌收了他的故事，只是壓著不刊。」

「壓他的稿？為了什麼？」

「噢，他們在等更適合的時機吧——等下一陣風頭。他們就喜歡手裡握著芬尼根作品的感覺。」

掛上他大名的作品確實真金十足。他的作家生涯開了個光彩燦爛的頭，此後就算沒達到最開始的高度，至少，每隔幾年他的名山事業又可以光彩燦爛地捲土重來——打滾美國文壇多年，他始終前途無量——他實際能用文字達致的效果教人駭異，字字句句都在發光、閃爍——他寫的句子、段落、章節，無一不是細織慢紡出的傑作。直到我遇到了某位可憐蟲編劇——他試著將他的其中一本書改編成合乎邏輯的故事——我才意識到，原來他也是有敵人的。

「讀起來全都美得不得了。」這人掩不住厭煩地說：「但你要是真用大白話寫下來，簡直就像是神經病院週記。」

我從卡農先生的辦公室過街來到第五大道上的出版社，同樣地，我一到那兒就知道了芬尼根預計明天會來一趟。

確實，他投在自己身前的長影如斯，以至於午餐時我原想討論自己的作品，但大多時候聊的還是芬尼根。又一次，我感覺我的東道主喬治・傑格斯先生不是在對我說話，而是自說自話。

「芬尼根是個大作家。」他說。

「無庸置疑。」

「他真的沒什麼大礙了，懂吧。」

鑑於我根本沒問起芬尼根的近況，所以我多打聽了幾句有什麼不對的地方嗎？

「噢，還好啦。」他說得急促：「他只是有點流年不利，運氣背得很——」

我同情地搖了搖頭。「我懂。一頭栽進水才放一半的泳池，真是倒了大楣。」

「噢，水才不只放一半咧。水放得滿滿滿。滿到池子邊了。你真該聽聽芬尼根是怎麼說的——他掰了個超好笑的故事。他的身體狀況似乎不太好，只能從池邊跳跳水，懂吧——」傑格斯先生舉起刀叉對著桌子比劃，「然後他看到幾個年輕女孩走上十五呎高的跳板跳水。他說，他想起了自己逝去的青春，於是走上跳臺想重溫舊夢，他做了個漂亮的燕式跳水——但人還在空中，他的肩膀就散了。」他有些焦慮地看著我。「你聽過這樣的事嗎——棒球選手把自己的手臂投到脫臼？」

我一時還真想不到有什麼骨科類案。

「然後呢，」他彷彿夢囈般地繼續說：「芬尼根就只能吊在天花板上寫他的書。」

「吊在天花板上？」

「差不多啦。他沒有拋下寫作——雖然你可能不太相信，但他有種得很吶，那傢伙。他在天花板上搞了一些有的沒的懸吊裝置，然後他就躺在空中，寫他的。」

我得承認，搞這個裝置需要很大的勇氣。

「這會對他的作品有影響嗎？」我問：「你們會不會得顛倒著讀他的故事——像是讀中文一樣？」

「剛開始是有點讀不懂啦。」他承認：「但他現在好多了。我收到他寄來的幾封信，語氣聽起來比較像是從前的芬尼根——充滿了生命、希望、未來的計畫——」

那渺渺遠遠的表情又回到了他臉上，於是我趁機把討論帶往自己比較關心的事。不過回到他的辦公室以後，這個話題又開始了——此刻執筆的我滿臉通紅，因為接著要說的，包含坦白一件我不怎麼常做的事——偷看別人的電報。事態會發展至此，是因為傑格斯先生在大廳給人截住了，於是我先走一步進到他的辦公室坐下，電報就大大方方地攤在我面前：

只要五十我至少能付錢給打字員還有剪頭髮買鉛筆生活快過不下去我作夢也盼著好消息絕望的芬尼根

我簡直不敢相信自己的眼睛——五十塊。我恰巧知道，芬尼根一篇短篇小說的價碼大約落在三千塊上下。喬治・傑格斯發現了我恍惚地瞅著電報不放。讀完之後，他用受傷的眼神盯著我。

「我不知道怎麼處理這件事才好。」他說。

我向四周瞧了瞧，看了看，確定自己人在紐約的一間大出版社辦公室。於是我懂了——我誤會了這封電報。芬尼根要的是五萬塊預付版稅——無論是多大牌的作家，這種要求都相當於在出版人的心臟插上一刀。

「光是上禮拜，」傑格斯先生落寞地說：「我就給了他一百塊。我的部門為了他已經搞得每季赤字，所以我不敢再跟同事開口了。我從自己口袋裡掏出那一百塊——和我的西裝、新鞋說再見。」

「你是說芬尼根破產了嗎？」

「破產！」他看著我，無聲地笑——事實上，我並不喜歡看他這麼笑。我哥也有點神經質——但扯遠了，這和故事無關。一會兒後，他冷靜了下來。「你不會說出去吧？實情是，芬尼根正在撞牆期，過去幾年他出手一本就慘澹一本，但他現在振作起來了。我知道我們會拿回每一分一毛，不會白白——」他想試著換個字眼，但「送他」兩字不小心說溜了嘴。這回換成是他急著想改變話題了。

請別讓我給您我在紐約的整個禮拜都心心念念著芬尼根的印象——縱然實則避無可避，因為我時常出入經紀人和出版社辦公室，勢所難免攪和其中。舉例來說，兩天前，我正用著卡農先生辦公室的電話，另一頭卻意外地接上了他和喬治・傑格斯正進行的對話。這不能完全說是偷聽，你懂的，因為我只聽得到一端的說話聲，比起聽到完整版，這沒那麼齷齪。

「但我怎麼印象中他身體還不錯……幾個月前他是說過心臟好像怎麼了，但我知道他的心臟好得很……是啊，還有他說到想動一些手術——我沒記錯的話他說是癌症……哎，我實在很想說我也有個想動但沒法動的小手術啊，要是負擔得起，我現在就去了……不，我沒說出來。感覺他心情很不錯，這時候還掃他的興就太不應該了。他今天會開始寫個故事，他還在電話那頭讀了一些給我聽……」

「……我是給了他二十五塊，因為現在他口袋裡連一毛錢都沒有……噢，對——我確定他好得很。他聽起來像是充滿幹勁。」

現在我明白了。這兩個人計畫著一齣沉默的共謀，他們互相打氣，為著芬尼根的事彼此鼓舞。他們對他、對他未來的投資十分可觀，總數大到芬尼根已經成了他們的資產。他們不能忍受任何攻訐他的字眼——即使是他們自己也說不得。

II

我和卡農先生說了心裡話。「如果這芬尼根是個老千，你就不能繼續這樣有求必應。他這關要是過得去就是過得去，我們什麼也做不了。你不該因為芬尼根跑去哪個水只放一半的泳池跳水而取消手術，這太沒道理了。」

「水是放滿的。」卡農先生有耐心地更正：「滿到了池邊。」

「好吧，管它滿的空的，總之這傢伙聽起來就像個頭痛人物。」

「聽著。」卡農說：「我有通和好萊塢那邊約好的電話。趁著這段時間，你不妨簡單瞄個幾眼。」他丟了一疊稿子在我腿上。「或許你讀了就會明白。他昨天才熱騰騰地帶了這些來。」

那是篇短篇小說。我懷著厭惡的心情讀起，但不到五分鐘已經完全沉浸其中，徹底驚豔、徹底信服，甚至向神祈願，希望我也能寫到這種境界。卡農結束了電話，我把他晾在一旁等我讀完一整篇。閱畢，我那雙又老又硬的專業之眼簌簌流下了淚。國內的所有雜誌，無論哪期哪號，開篇都該放上這篇作品。

但其實沒有任何人否認過，芬尼根確實能寫。

III

幾個月過去，我再次來到紐約，接著，至少就踏入經紀人和出版社辦公室的感覺來說，我降落在更加靜好、安穩的現世。至少，現在有時間談談我自己嚴肅到或許有些乏味的文學抱負，還有時間下鄉拜訪卡農先生，或是跟喬治・傑格斯一同殺殺夏夜時光，一同看著頭頂上的紐約星火像是躊躇流連的閃電，星星點點，落進餐廳花園。此時的芬尼根或許已經遠赴北極了——事實上，他人的確在那兒。同行的隊伍規模不小，還包括了三位布林莫爾學院的人類學家，聽起來，像是他可能會在那兒蒐集到一大堆寫作材料。他們預計要待上幾個月，而這件事若是聽著有那麼點溫馨的小家庭派對氣氛，多少是因為我善妒嫉俗的性情作祟吧。

「我們除了開心還是開心。」卡農說：「這真是天上掉下來的禮物。這陣子也實在受夠了，他正需要這個——這個——」

「冰天雪地。」我補充。

「對啦，冰天雪地。他最後留下一句很有自己個性的話。不管他接下來寫了什麼，都會是純白的——充滿教人睜不開眼的眩光。」

「我可以想像，一定會的。但我想問的是——誰幫他出錢？我上回來這兒時就知道這人已經還不出錢了。」

「噢，這件事嘛，他考慮得十分周到。他欠了我一點錢，我相信他也欠了喬治・傑格斯一些——」他「相信」，這個偽善的老頭。他該死地心知肚明——「所以呢，他出發前把他大部分的壽險轉給了我們，以防萬一他回不來——那些旅行本來就十分危險。」

「我也這麼覺得。」我說：「尤其是還帶上三個人類學家。」

「所以就算萬一發生了什麼事，傑格斯和我也能安全下莊——就是這麼簡單。」

「保險公司有幫這趟旅行出錢嗎？」

看得出來，他坐立難安。

「噢，沒有。事實上，在搞懂這一趟的來龍去脈後，他們有點失望。喬治・傑格斯和我則覺得，他都有了這麼不得了的計畫，回來還會帶著一本不得了的書，再資助他一點小錢也合情合理。」

「我不懂。」我斷然表示。

「你不懂？」那煩人的一號表情又浮現在他眼中。「哎，我承認，我們是有些疑慮。原則上，我知道我們不該這樣做。過去我時不時會預付小部分版稅給作者，但這幾年我立了規定不這樣——並且嚴格遵守。過去兩年我只打破一次規矩，為著一個苦苦於生計的女人——瑪格麗特・特菈希爾，你聽過她嗎？題外話，她是芬尼根的舊情人。」

「你記得我連芬尼根都不認識嗎？」

「也是。他回來時你一定要跟他見個面——要是他真回得來的話。你會喜歡他的——他簡直魅力無限。」

再一次，我離開紐約，前往自己心中的北極點。時光荏苒，夏去秋來。空氣中，十一月的首波寒意降臨，我打著哆嗦想起芬尼根的長征，還有對他就這麼瀟灑去國的嫉妒。他可能收穫不少，無論是文學，還是人類學意義上的戰利品，這趟或許會是滿載而歸。接著，我回到紐約還沒三天，就在報紙上讀到他和其他幾個隊伍成員離開駐地，走進一場暴風雪，在糧食耗盡的情形下，北極又領走了一名犧牲者。

我為他感到遺憾，但也夠現實地為卡農和傑格斯有著充分保障感到慶幸。當然，芬尼根屍骨未寒——希望這番直喻不會太令人難受——所以他們不談這件事，但我旁敲側擊後得知保險公司並不準備執行人身保護令——或者管他們行話是怎麼說的——看來這筆錢十拿九穩會進入他們的口袋。

他的兒子是個帥氣的年輕小伙子，他走進喬治・傑格斯的辦公室時我剛好在那兒，從他身上，我多少可以猜出芬尼根的魅力所在——除了誠懇靦腆之外，他還給人一種印象，彷彿心裡正進行著一場英勇萬分的戰鬥，但他就是無法下定決心說出來——這等英姿，只有在他強而有力的作品中得見。

「那孩子也寫得不錯。」他走了以後，喬治說：「他帶來一些很出色的詩。他還沒準備好接他老爸的衣缽，但絕對前途無量。」

「我可以看看他寫的東西嗎？」

「當然歡迎——這兒就有些他走之前留下來的。」

喬治從桌上拿來了一張紙，打開，然後清了清喉嚨。接著他瞇細了眼，從椅裡微微坐起了身子。

「**親愛的傑格斯先生，**」他開始朗讀：「**我不願當著您的面開口——**」傑格斯停了停，兩眼迅速地往下讀。

「他想要多少？」我問。

他嘆了口氣。

「他還讓我以為這是他的作品。」他以一種受傷的語氣說。

「但這是啊。」我安慰他：「當然，看來他沒怎麼準備好接他老爸的衣缽。」

事後，我很後悔一時口快、貧嘴損人，畢竟芬尼根已經償清了他的債務，活著，如今是件好事，鎏金時光回來了，書籍也不再被視為沒必要的奢侈品。許多我認識的作者撙衣節食熬過大蕭條，現在紛紛重啟延宕已久的旅行、付清貸款，或是一個個交出更加有頭有尾的作品，這類作品除非有閒無患，否則是寫不出來的。我也趁著勢頭，往好萊塢投石問路，賺來一千塊預付款，接著，我計畫帶上所有舊時的充沛活力飛出國去，舊時啊舊時，每只鍋裡都盛著雞飼料呢。我準備要進城向卡農道別以及取款，看著他也發達了教人心情愉快——他還要我跟著他去瞧瞧一艘準備出手的汽艇。

但驀地裡冒出了件緊急萬分的事耽擱住他，我等得不耐煩，於是決定就順其自然吧。我敲了敲他的辦公室內門，沒人應，但我還是打開了門。

辦公室內廳看來有些混亂。卡農先生同時講著幾通電話，一面口述那頭保險公司說的話，要速記員記下。一位祕書急急忙忙穿衣戴帽，像是趕著出門辦事，另一位祕書則在數著自己錢包裡的鈔票。

「馬上就好。」卡農說：「只是場小小的騷動——你從沒看過我們辦公室這種場面吧？」

「芬尼根的保險出事了？」我忍不住詢問：「事情不是好好的嗎？」

「他的保險——噢，完全沒事，完完全全沒事。不過就是件需要緊急籌個幾百塊的事兒。銀行已經關了，所以我們全都忙著這邊借那邊湊。」

「我把你剛給我的錢兌出來了。」我說：「我只是去個海岸，用不著所有的錢。」我撥出了幾百塊。「這些夠嗎？」

「這樣很夠了——這真是救了我們的命。別忙了，卡爾森小姐。梅普斯太太，妳不用出門了。」

「我想我就先告辭了。」我說。

「再等我兩分鐘。」他極力表示：「我只要再搞定線上這通就行了。有個大大不得了的好消息。你會高興的。」

那是封從挪威奧斯陸拍來的海底電報——還沒開始讀我就充滿了預感。

奇蹟獲救當局扣留請電匯四人旅費並額外兩百我從死亡邊緣致上滿滿問候。

芬尼根

「是啊，真是太好了。」我同意：「他現在可有故事好說了。」

「可不是嗎？」卡農說：「卡爾森小姐，可以請妳拍個電報給那些女孩的爸媽嗎？還有，最好也通知傑格斯一聲。」

幾分鐘後我們走在街道上，我發現卡農先生彷彿被這消息所震懾，一個人不言不語地陷入沉思，我沒有去打擾他，畢竟我不認識芬尼根，沒辦法打從心底分享他的喜悅。他不想說話的心情一路延續到我們抵達汽艇展的門前。他就這麼站在招牌下，抬頭望著，像是第一次意識到我們來了什麼地方。

「噢，老天。」他倒退了一步說：「現在再走進去也沒意思了。我想我們還是去喝一杯吧。」我們去了。卡農先生還是有點茫然，有點擺脫不了這個巨大驚喜的魔咒——他掏掏摸摸了好一陣子，想付他這輪的酒錢，我則堅持這輪算我的。

我想他這整段時間都陷在一片不知所以的茫惑中，因為，儘管他有著最最嚴謹縝密的心思，我在辦公室裡給他的那兩百塊從來沒出現在他給我的報表帳上。雖然我總想像著，有天我一定會拿到這筆錢，因為有天芬尼根會再一次紅起來，而我知道，那時人們會喧鬧個沒完沒了，只為了一睹他又寫了什麼出來。最近，我自發地考察一些關於他的傳聞，而我發現，它們大多和那個半滿泳池的說法一樣，錯得離譜。池子的水滿到了池邊。

到目前為止，他只寫出了一篇取材極地探險的短篇小說，是個愛情故事。或許，這主題遠不比他預期的來得大。但電影界對他很有興趣——要是他們能先好好地、仔細地考慮他的作品，我絕對有理由相信，他辦得到。他會變得更好的。

消失的十年

The Lost Decade

本篇刊登於《君子》雜誌一九三九年十二月號。

這篇也和〈資助芬尼根〉一樣，是將自己所處的生活困境，以虛構形式寫成的諷刺作品。透過剛出道的新手編輯的純真眼光，述說一個「謎樣人物」。這個人物的塑造上，費滋傑羅把自己這十年之間所走過的路，點點滴滴地寫進去，儘管有些隱晦，但讀者或許能讀出他的暗示。

雖是以極其輕靈巧妙的文體，寫成的短小輕薄的作品，但其中所透露的訊息，卻顯露深沉的絕望，和對失去事物憧憬般的感受。這是可以享受費滋傑羅「文彩」的展示櫃。

——村上春樹

有各式各樣的人會走進新聞週刊辦公室，而歐瑞森・布朗和這些人之間也有著各式各樣的關係。出了辦公室，他就是「編輯某某」——但在上班時間裡，他只不過是一年前編過《達特茅斯南瓜燈》雜誌的髮髮菜鳥，巴不得把所有辦公室裡沒人想做的事全攬過來做，從謄清字跡像是鬼畫符的手稿，到當人轉過頭就忘了名字的打雜小弟，他樣樣通，樣樣鬆。

他曾見過這位訪客走進編輯辦公室——一位高大、蒼白的四十歲男人，一頭彷彿雕像般優雅的金髮，態度不羞不怯，但也不像高僧般超然，而是三者都有那麼點味道。來客名片上印著的「路易斯・川柏」勾起了他一些模糊的記憶，但無從往下追想，歐瑞森也沒為此傷腦筋——直到桌上的呼叫器響起。之前的經驗教他有所警覺，看來今天午餐端上的第一道菜，就是這位川柏先生了。

「這位是川柏先生——這位是布朗先生。」要為午餐埋單的**金主**說話了：「歐瑞森啊——川柏先生離開了很長一段時間。或者說，他**感覺**過了很久——就快十二年囉。有些人搞不好還覺得自己錯過了這十年才叫幸運呢。」

「確實如此。」歐瑞森說。

「我今天沒空吃午餐。」他老闆繼續說了下去：「帶他去鄰家小館或二一俱樂部吧，不然就找問他喜歡的餐廳。川柏先生覺得附近冒出了許多他沒見過的新玩意兒。」

川柏禮貌地拒絕了。

「噢，我自己隨便晃晃就行。」

「我知道，老兄。從前沒人比你更熟這一帶——要是布朗想跟你解釋為什麼馬車不用馬拉著也會走，就叫他直接滾回我這兒。然後你四點會自己回來，對吧？」

歐瑞森拿起了他的帽子。

「你離開有十年啦？」趁著一起搭電梯下樓的空檔，他提了個問題。

「那時帝國大廈才正要開始蓋。」川柏說：「那差不多是什麼時間？」

「一九二八附近。但老闆說的對，你閃過那麼多鳥事實在幸運。」他試探地補了句：「你可能有更有趣的事要做吧？」

「那倒說不上。」

他們來到了街上，面對轟隆的車陣聲浪，川柏一瞬間繃緊了臉，這大驚小怪的模樣讓歐瑞森決定再猜上一猜。

「這段時間你是離開了文明世界嗎？」

「某方面來說，是吧。」這幾個字說得大是斟酌，歐瑞森判斷，除非這男人自己想開口，否則撬開他的嘴也不會說——同時，他懷疑這傢伙有沒有可能三十歲以後都在坐牢，或關在精神病院。

「這裡就是知名的二一俱樂部。」他說：「還是你想吃其他地方？」

川柏停下了腳步，仔細地望著這棟褐砂岩建築。

「我還記得二一剛開始竄紅那陣子。」他說：「差不多跟莫里亞提同一年吧。」接著他幾乎語帶歉意地接著說：「我想我們不如就沿第五大道走個五分鐘，碰到哪間就吃哪間好嗎？找些看得到年輕人的地方吧。」

歐瑞森快速地瞥了他一眼，腦中又一次浮現出柵欄、灰沉沉的圍牆、柵欄；他琢磨著自己這個主人是不是還包括了替川柏先生介紹幾個聽話的女人。但看來川柏先生沒往那方面想——他臉上真情流露出純粹、深邃的好奇心。歐瑞森試著回想伯德將軍陷在南極的基地人員，或是失蹤在巴西叢林裡的飛行員某某某人。他是個大人物，或者曾經算得上一號人物——這點毋庸置疑。但他唯一給出的確切線索——對歐瑞森來說這線索有跟沒有一樣——就是他像鄉下人般遵守紅綠燈，還有他總愛走在店頭這側，不願靠近街道。他還一度停下腳步，盯著男裝店的櫥窗裡頭瞧。

「縐紗領帶。」他說：「我離開大學以後就沒看過了。」

「你大學讀哪裡？」

「麻省理工。」

「好學校。」

「我下禮拜會回去看看。我們在這附近找個地方吃吧——」他們已經快走到六十號街。

「——交給你囉。」

正巧，街角附近有間帶棚子的好餐廳。

「你最想看到什麼？」他們邊入座，歐瑞森邊問著。

川柏想了想。

「這個嘛——人們的後腦勺吧。」他表示：「他們的脖子——還有他們的頭是怎麼連上身體的。我也想聽聽那兩個小女孩和她們的爸爸在說些什麼。她們確切說了什麼不重要，重要的是那些字句會怎麼飄起，又會怎麼落下，還有講完話後她們抿起嘴的方式。就是種韻律感吧——像柯爾・波特之所以選在一九二八年回到美國，就是因為那時到處都充滿了新的韻律。」

這下歐瑞森確信自己掌握住線索了，但出於謹小慎微，他連一公分也沒踩過界——他甚至壓下了瞬間想告訴他今晚卡內基音樂廳有場精彩演出的衝動。

「湯匙掂起來——」川柏說：「好輕啊。這小碗還帶耳朵呢。那位服務生眼裡多有神采。我從前見過他，但他不會記得我的。」

但他們準備離開餐廳時，同一位服務生有些困惑地望著川柏，像是快要想起他是誰了一樣。

走到外頭，歐瑞森笑著說：「十年啦，人多少會忘事的。」

「噢，去年五月我才在那兒吃晚餐——」他硬生生把後頭的話吞了下去。

發什麼神經啊，歐瑞森心想——接著他搖身一變，成了導遊。

「從這裡你可以清楚地看到整座洛克斐勒中心。」他開心地指指點點：「還有克萊斯勒大廈、阿米斯德大廈，有了它們才有後來的每一棟新大樓。」

「阿米斯德大廈。」川柏順著他的比劃伸長了脖子。「沒錯——是我設計的。」

歐瑞森樂得直搖頭——各式各樣的奇人異士他早就見怪不怪了。但去年五月才上過那間餐廳的一番鬼話……

他在大樓基座的黃銅楣樑前停下腳步。

「建於一九二八年。」上頭寫著。

川柏點了點頭。

「但那年我整天都在喝酒——醉得一塌糊塗。所以如今我才算真正見到了它的模樣。」

「噢。」歐瑞森有些猶豫。「要進去看看嗎？」

「我進去過了——還滿多次的。但我全沒看進眼裡。如今我也不想再看了。看著看著我會受不了的。我只想看看人們走路的模樣，他們穿的衣服、鞋子、戴的帽子用的是什麼質料。還有他們的兩眼、雙手。你願意和我握握手嗎？」

「十分樂意，先生。」

「謝謝。謝謝。你人真好。我想這看起來有點怪吧——別人會覺得我們正要道別。我想自己沿著街道再走一會兒，所以我們**真的**要說再見了。回頭跟公司說我四點進去。」

歐瑞森目送著他的背影離去，半是期待他會半路拐進酒吧。但他全身上下嗅不出一絲酒味，也找不到經年大醉的跡象。

「老天。」他喃喃自語：「十年還沒酒醒吶。」

一瞬間，他感覺到了自己身上的大衣質料，接著，他伸出手來，把拇指按在了身旁大樓的花崗岩上。

隨筆

我所失落的城市

My Lost City

這篇寫於一九三二年七月，在費滋傑羅死後才發表。這篇和〈酗酒個案〉一樣，我在將近四十年前就曾譯過（當時的篇名採用外來語直譯英文的 *My Lost City*），這次重新譯過。因為是我個人喜歡的作品，希望能譯得更貼切、更正確一點。

費滋傑羅在這裡以紐約這座城市為軸，述說自己的人生。當時的他才剛從歐洲回來，妻子塞爾妲患了精神病，一再住院、出院。而美國則正迎來黑暗的經濟蕭條時期，二〇年代的繁華喧鬧已成過去，費滋傑羅的小說風格也被視為落後過時了。

但，他描述這座城市和自己的筆致，帶有細膩而堅定的抒情成分。感覺他好像不是用大腦構思，而是馳筆抒臆而成。文章得以說服人的能力，可能就是從這裡產生的。

——村上春樹

最初，我看到了一艘渡船輕緩地自澤西海岸啟碇，那一刻具體而微地形成了我的第一個紐約象徵。五年後，十五歲的我一下課就往城裡跑，就為了一睹《貴格會女孩》劇裡的伊娜・克萊兒和《小男孩布魯》中的葛楚・布萊恩。她們同時教我陷入了惆悵無望的單戀，徬徨的我無法在兩人之間做出選擇，因此她們混成了同一個美好的形影：女孩。女孩是我的第二個紐約象徵。渡輪代表著功成名就，女孩代表著浪漫戀曲。假以時日，兩者我多少都要擁有。還有第三個象徵，我卻不知失落在了什麼地方，這一失落就是永遠。

五年多後，我才在一個昏暗的四月午後找到它。

「噢，邦尼。」我大喊著。「邦尼！」

他沒聽見，我的計程車沒跟上他，等車駛過半個街區後，我再度看見他的身影。雨把人行道地面滴成斑斑黑點，他穿了件坦克棕色雨衣，精神抖擻地在人群間穿梭，雨衣內搭配的也是棕色服飾；並驚訝地發現他帶著一把輕巧的手杖。

「邦尼！」我又喊了他一遍，接著住了嘴。當我還在普林斯頓大學念書時，他已經是個紐約客了。他在越下越密的雨中拿著手杖一路疾行，我判斷這是他的午後散步，我既然不打算叫住他聊上一個小時，那麼我的赫然出現，對這個全心投入私人行程的邦尼而言，就成了打擾。計程車繼續跟了一段，我就這麼一路觀察，留下深刻印象：他不再是當初霍德宿舍裡那個靦腆的小生了——他踩著自信的步伐，沉浸在自己的天地裡，眼睛直直地望著前方。他在新環境中有股全然的自信。我知道他租了間公寓，與三個男人同住，大學時不能幹的事，現在百無禁忌，但是，還有些其他東西默默滋養著他，這是我第一次意識到那個新東西——大都會精神。

在那一刻之前，我所見識到的紐約只有它示人的那一面——我就像傳說中從鄉下進城幫廚的狄克・惠廷頓，看著眼前的大熊耍把戲目瞪口呆；也像個南部大區來的少年，對巴黎的繁華大道神魂顛倒。之前我來紐約只顧著去百老匯看表演，伍爾沃斯大廈和羅馬戰車賽橫飾的設計師、喜劇與問題劇的音樂劇製作人，他們絕對找不到比我更懂得欣賞的人，我對紐約風格與光采的推崇，甚至超越這個城市為自己打的分數。我向來不接受任何塞在學生信箱裡那些跡近來路不明的名媛舞會邀請，正因為我認為沒有任何真實舞會能比得上我心中描繪的紐約夢幻盛景。此外，我一廂情願認定是「女友」的她是個中西部人，全世界最溫暖的中心莫過於那裡，我眼中的紐約本質上是瞧不起人且無情的，唯有一晚特別。那晚，短暫經過紐約的她為麗池飯店的樓頂添上了一抹璀璨。

然而不久前，我徹底失去了她，一心渴望融入男性的世界，見到邦尼，讓我想起紐約正是這樣的地方。一週前，費伊蒙席帶著我上拉法葉街打牙祭，在我們面前擺上的食物像一張鮮豔的旗幟撒開，這還有個名堂，叫作開胃小點，我們配著食物喝起紅葡萄酒，而酒液就像是邦尼自信揮舞的手杖般，大膽無畏地為我們開道前行——但這畢竟只是間餐廳，喝過酒我們還得開車渡過橋，回到內陸。紐約大學生的消遣去處，巴斯塔諾比、尚利、傑克等名店如今變得恐怖得不宜前往，儘管如此，我還是回到了紐約，唉，撥開一重重醉雲酒霧的我，一次次地覺得自己背叛了堅持至今的理想。我沾了點露水姻緣，但還說不上傷風敗俗，那些日子裡留下的回憶幾乎沒有一個是快樂的；就像厄尼斯特・海明威有一回說，酒館就是開來給單身男人找殷勤的女人，其他人只是在糟糕的空氣裡浪費時間。

但是，在邦尼公寓裡的那個晚上，人生甘醇安穩，比我在普林斯頓所愛的一切還乾淨純粹。輕輕吹奏的雙簧管樂音與外頭的市塵鬧聲交織一片，艱難地穿過層層厚重的書本透進房來；唯一不和諧的音調，只有某位仁兄撕開邀請函的清脆聲響。我正是在這裡發現了紐約的第三個象徵，並開始考慮租這樣一間公寓要花多少錢，盤算著有哪些朋友可以和我合租。

門都沒有——接下來的兩年，我所能掌控的命運，就跟囚犯所能選擇的衣服一樣多。我在一九一九年回到紐約的那陣子，生活侷促，奢望在華盛頓廣場租屋過甘醇的清修生活根本是做夢。當務之急是我得在廣告業裡賺點錢，好去布朗克斯租間小到令人窒息的雙人公寓。我掛念的女友從沒見過紐約，她不是不想而是不笨。在這心煩不樂的陰霾中，我度過了一生中最為患得患失的四個月。

紐約匯聚了所有世界誕生之初的霓光虹彩。返國的部隊沿著第五大道遊行，女孩跟著他們去到了紐約東區、北區——美國是最偉大的國家，空氣中洋溢著喜慶氣氛。當我星期六午後孤魂野鬼般地在廣場飯店的紅廳徘徊、或走進東六十街上一處處酒精瀰漫的花園派對，又或者和一群普林斯頓人窩在彼特摩爾酒吧小酌時，另一種生活時刻啃蝕著我的心——我布朗克斯的狗窩、我地鐵上小小的方寸之地、我每天病態依戀的阿拉巴馬來信——會有信來嗎？上頭會說些什麼？——還有我的破西裝、我的貧窮、我的愛。當我周遭朋友們的人生有模有樣地展開，我還奮力駕著自己的破帆船，不上不下地掙扎。在二十俱樂部裡，含著金湯匙的富家少爺圍著青春正盛的康絲坦斯・貝芮特打轉、在耶魯暨普林斯頓大學俱樂部中，同學們歡聲笑鬧，慶祝戰後的首次重聚、在我不時走訪的富賈豪宅裡，堂皇氣派無所不在——我承認這些風景教人嚮往，也為自己投身浪漫不無後悔，但對我來說這些全是空虛。從熱鬧非凡的午餐到醉人至深的酒館，都一樣，這些地方教我急著回到克萊蒙特大道的家中——說是家，不過是因為或許會有信正等在門外。我的紐約大夢一個接一個被污染。記憶深處邦尼公寓的魔力，也在我和一個格林威治村邋遢肥胖的女房東碰面後，連同其他夢想一起幻滅。她跟我說儘管放心帶女孩回租屋，但這想法教我氣結，為什麼我非得是想把女孩帶回房間的人？我有女朋友了。我可以獨自去一二七街商圈漫步，然後怨恨那裡的欣欣向榮；或者去葛雷藥房買張便宜戲票，花上幾小時沉浸在自己對百老匯的舊日情懷。我是個失敗者──在廣告業裡混得普普通通，作家生涯遲遲無法起步。懷著對這座城市的恨意，我吼出聲，花光最後一分錢買醉落淚，然後回家……

……然而，紐約這座城市就是這麼難以預料。接下來我要說的，只是那段浮華日子裡上千個成功故事中的一個，卻是我自己的紐約故事裡重要的一段。在我重返紐約六個月之後，編輯和出版社的辦公室大門終於為我敞開，劇院經理求著我寫劇本，電影界問我要大銀幕題材。在我還沒弄清楚怎麼回事之際，我被接納了，不過他們眼中的我不是個中西部人，不是個超然觀察者，而是紐約想要的一個成功典範。這個說法得從一九二〇年這座大都會的狀況說起。

當時的紐約已經是座高樓聳立的白色城市，繁榮的活動熱鬧延燒，空氣中普遍有種難以言喻的氣氛。和所有人一樣，專欄作家F. P.亞當斯熱切捕捉著這股獨特的群眾脈動，卻又像是從窗戶裡往外偷看般羞怯。社交界與本土藝術尚未水乳交融──當時藝文界的金童玉女愛倫・馬楷和歐文・柏林還沒結婚。一九二○年的市民還看不出彼得・阿諾筆下的芸芸眾生有什麼意義，而除了F. P.亞當斯的專欄外，專門討論大都會活動的報刊版面付之闕如。

接著，一夕之間，「年輕世代」這個概念指的就是眾多紐約生活元素的融合。只有五十歲左右的人會佯裝「四百名流」這種老派人依然活躍，麥斯威爾・波登海默才會說還有哪個波希米亞人憑著顏料和鉛筆就能闖出名堂——揉合了亮麗、歡樂、活力元素的生活風潮當時已展開，緊接著社會上首次出現了比艾蜜莉・普萊斯・波斯特硬梆梆的紅木大桌晚宴更有活力的社交型態。此時的社交型態催生了雞尾酒派對，也因此提高了公園大道的品味，然後，第一次有受過教育的歐洲人考慮到紐約一遊，比起苦哈哈地深入了無新意的澳洲荒野淘金，紐約來得有意思多了。

不過短短時間，在還來不及證明我扛不起這塊招牌之前，我這個不比駐地六個月的記者了解紐約，也不比待在麗池飯店候舞區的無賴熟悉紐約社交圈的傢伙，不只被推身站上時代代言人的位置，也成了同一個時代的樣板產物。我——或者該說是「我們」——並不真的明白紐約對我們有什麼期待，只覺得無比困惑。踏入大都會闖盪幾個月後，我們幾乎不知道自己是誰了，對自己到底算什麼東西也沒概念。往市民噴泉縱身一跳，或是做了一點碰觸法律邊緣的事，就足以讓我們登上花邊版面，我們說過的話被引用在各種我們自己全然不懂的領域。事實上，我們的「聯絡圈」就只是六個沒結婚的大學朋友，以及幾位文學界舊識——記得有一個聖誕節我們落了單，那幾天我們在整座城市裡找不到半個朋友，也尋不到半處能前去拜訪的宅邸。既然找不到可依附的人，我們就作為彼此的核心，漸漸地，我們喜歡興風作浪的性格磨去了稜角，融入了紐約當代風景。或者可以說，紐約也不記得我們了，只是任我們在此停留。

這篇文章並不是要記錄紐約的變遷，僅僅是想寫出撰文者對這座城市觀感的改變。在一九二〇年的困惑中，我記得自己在某個炎熱的星期天夜裡，坐在計程車頂迎著空蕩蕩的第五大道兜風，還有一次我在涼爽的麗池日式庭園與教人懷念的凱・羅芮兒以及喬治・尚・內森共進午餐；我一次又一次通宵寫作，為了支付小公寓的高昂租金，還買了不中用的豪華轎車。第一波地下酒吧來到、蹣跚步舞落伍了、蒙馬特成了最時髦的舞廳，在那裡還看得到莉莉安・塔什曼甩著一頭秀髮，穿梭在酒醉的大學男生之間。那時的百老匯劇院演著《嬌女落凡塵》和《神聖與世俗之愛》，而在《午夜嬉遊》的演出現場，你和瑪麗安・戴維斯肘碰著肘共舞時，不期然還會在少女歌舞團中認出青春活潑的瑪莉・海伊。這一切感覺離我們好遠；或許每個人對自己身處的社會環境都感覺有一段距離，我們覺得自己就像是穀倉裡的孩子，整個穀倉又大又亮，很多角落我們都沒去過。我們被格里菲斯找去他在長島的工作室，兩人在《國家的誕生》電影導演面前簌簌發抖；後來我才意識到，在這座城市為全國源源挹注大量娛樂背後的，不過是一大群迷失、寂寞的人們。電影演員的世界和我們很像，我們身在紐約，卻不歸屬於此。紐約對自己創造出來的世界幾乎毫無認識，也缺乏中心：第一次見到桃樂絲・紀許時，我感覺我們倆像是並肩站在北極，而天空還繼續飄著雪。從那時起，他們都找到落腳的家，但並不一定是在紐約。

無聊的時候，我們就用法國作家於斯曼的那種乖僻眼光打量自己的城市。某天午後，我們獨自在「公寓」裡吃了橄欖三明治，喝了一夸脫柔依・亞金斯送的布什米爾威士忌，接著出門走進剛剛開始施展魔力的城市。我們聽著計程車上斷斷續續的搖擺樂，穿過一扇扇陌生門戶，走進一間間陌生公寓，度過一個個輕柔的夜晚。最後，我們與紐約合為一體，它緊跟在我們身後，走進每扇大門。即使是現在，我走進許多公寓時還是有種自己曾經來過這裡，或者去過同一戶的樓上樓下之感——是我在**醜聞**夜總會差點當眾脫去外衣那晚嗎？還是（隔天早上讀到報紙標題我驚訝不已）「費滋傑羅出拳，警官落入塵世樂園」那夜呢？出拳伸腳可從不是我的成就，我試圖還原導致韋伯斯特廳事件結局的一連串經過，但徒勞無功。最後，我還想起了那段時期的一件事。某天下午我搭著計程車，兩旁是高聳入雲的大廈，天空呈現出粉紫與玫瑰色，我開始哭泣，如今我擁有了想要的一切，但我知道自己此後再也不會經歷這種快樂了。

像我們這樣在紐約地位朝不保夕的人，為了保險起見，我們在孩子快出生前回到中西部聖保羅老家，畢竟讓新生兒待在惑人的光燦與寂寞中似乎並不合適。但是一年後我們就又回到紐約，重覆過去的生活，但已經不怎麼喜歡這些事。我們歷經了許多風雨，儘管如此，我們還是保有幾乎像是初登場般的純真，比起觀察別人，我們更喜歡扮演被觀察的角色。純真本身沒有盡頭，但隨著心智事與願違地成熟，我們開始看見紐約的全貌，接著試著為必將改變的自己，保留一部分純真。

一切都太遲了——或者說一切都變得太快。對我們來說，這座城市難免與或溫和或荒誕的酒神娛樂連繫在一起。我們只有在重回長島時能找回清醒，卻也不是每次都靈。迎合這座城市對我們並沒有好處。我的第一個象徵如今只剩回憶，因為我明白了一個人的成就不假外求；我的第二個象徵變得稀鬆平常——一九一三年我只能從遠處崇拜的兩位女演員，後來就出現在我們家用餐。這讓我內心充滿某種恐懼，害怕就連第三個象徵也會變得黯淡；害怕在這座不斷加快的城市裡，再也找不回邦尼公寓的寧靜。邦尼結了婚，而且快當爸爸了，其餘朋友去了歐洲，還單身的人則去到比我們家地方更大、社交更熱絡的宅邸學經驗。這一刻的我們「認識每個人」——這也就是說，拉爾夫・巴頓會把他們大部分人畫成首演之夜的管弦樂團一員。

但我們已經無足輕重了。拜飛來波女郎的活躍所賜，我前幾本描寫她們的書大受歡迎，但到了一九二三年，她們已經顯得落伍——起碼東區的情況如此。我決定要寫齣轟動百老匯的大戲，但百老匯派探子前往大西洋城，提前打消了我的想法，也因此，我在那一刻覺得我和這座城市沒什麼可以給彼此的了。我要帶著我呼吸慣的長島氛圍遠走高飛，並且在陌生的天空下，賦予它形體。

再次見到紐約，已經是三年後。船舶逆河而上，暮色中，城市像雷霆萬鈞地在我們眼前轟然出現，夾岸的白色冰河像是橋纜一般，自紐約下城俯衝而下，接著一路攀往紐約上城而去，泡沫閃耀的流光與星光輝映，宛若奇景。甲板的樂隊演奏起來，這城市的壯麗教這進行曲顯得微不足道，不過是小打小鬧的叮叮噹噹。從那一刻起，我明白無論我多常離開，紐約已經是家了。

城市的節奏一夕改變，隨之而來的金色喧騰淹沒了混沌不明的一九二〇年，我們的許多朋友這幾年漸漸變得富有。但紐約的躁動在一九二七年瀕臨歇斯底里，派對變得越來越盛大——比方孔戴・納斯特所舉辦的那些派對，大有與傳說中上個世紀九〇年代的舞會互別苗頭的味道；腳步越來越快——鋪張浪費的飲食為巴黎立了榜樣；表演的範圍更加廣泛、大樓更加高聳、道德更加鬆動、酒水更加便宜；但種種好處並沒有真的帶來相等的快樂。年輕人早早沒了力氣——他們才二十一歲就心腸硬，身子懶，而除了彼得．阿諾之外，沒有人交出什麼新玩意；或許彼得．阿諾與他的合作者已經道盡了爵士大樂隊說不出的這段紐約繁榮歲月。許多原本不是酒鬼的人，如今一週裡有四天縱情狂飲，焦慮感四下蔓延；普遍的焦慮促使一個個小團體凝聚，宿醉就像是西班牙的午睡傳統，成為了日間的尋常風景。我大多數的朋友都喝得太凶，他們與這個時代越是合拍，喝得越是起勁。也因此，與那段時日裡紐約給人的甜頭相比，努力工作毫無光采可言，人們發明了一個損人的字眼：好好依照規劃工作成了一門「勾當」，而我從事的正是文學這門「勾當」。

我們搬到了離紐約幾小時車程遠的地方，而我發現自己每回進城都會給種種場面攪得心煩意亂，幾天後搭上返回德拉維爾的火車，我還處在有些筋疲力盡的狀態。全城各區都已變得不怎麼教人喜歡，但在一片漆黑裡搭車穿越中央公園往南邊的五十九街走，看著街面的燈光穿破樹間的那一刻，我總能找回全然的平靜。再一次，我失落了這個城市，紐約冷冷地包裹在神祕與應許之中。但我無法脫離太久——就如同勞動者必須在這座城市的肚子裡辛苦生活，我也同樣被迫要生活在它失序的思維之中。

地下酒吧的風潮從耶魯與普林斯頓校刊中大打廣告的高級酒吧轉向了啤酒園，那裡會有面目猙獰的黑幫兄弟盯著你進行這項德國傳統優良娛樂。接著風潮又轉往了陌生、甚至更加罪惡的地點，那裡的小伙子會板著一張硬邦邦的臉孔打量你，毫無愉快可言，只剩下野蠻，破壞了我出門度過全新一天的興致。回到一九二〇年，一位商場新星不過是提議在午餐前來杯雞尾酒，都教我驚訝不已。然而來到一九二九年，市中心一半的辦公室裡有烈酒，一半的大樓裡藏著地下酒吧。

我逐漸意識到地下酒吧以及公園大道的變化。過去十年裡，格林威治村、華盛頓廣場、穆瑞丘、第五大道的豪宅彷彿消失了，或是變得不再具有任何意義。蛋糕和馬戲團賺飽、掏空、愚弄了這座城市，最新幾棟超級摩天大樓所激起的熱情，用一句新流行語「喔，是嗎？」就足以概括解釋。我的理髮師投了五十萬進入股市，豪賭一把之後退休了，而我留意到前來桌邊向我鞠躬或沒打算向我鞠躬的餐廳領班，無不遠遠、遠遠比我來得有錢。這真是太沒意思了，我再度受夠了紐約，上了船多好，船上也有狂歡不休的酒吧，一路載著我們前往貴得離譜的法國套房。

「有什麼紐約來的消息？」

「股市一直上漲。有個嬰兒殺了歹徒。」

「沒別的事嗎？」

「沒了。街上的廣播好吵。」

我曾以為美國生活沒有第二幕，但紐約的繁榮歲月毫無疑問還有下一幕。聽到遠方傳來沉悶的巨響時，我們人在北非某處，就連沙漠最深處的荒原都聽得見餘音蕩漾。

「那是什麼聲音？」

「你聽見了嗎？」

「那沒什麼。」

「你覺得我們該回家看看嗎？」

「不用——那沒什麼。」

兩年後的一個漆黑的秋天裡，我們再次見到了紐約。經過有禮到可疑的海關人員，接著我低著頭、拿著帽，滿心虔敬地走過這座回音裊裊的墳塚。在城市殘骸中，幾隻孩子氣的遊魂依舊在玩耍，裝出還活著的假象，但那張輕薄的面具完全掩飾不住他們激動的聲音和發紅的臉頰。雞尾酒會——最後一位嘉年華會的空洞倖存者——迴盪著傷者的泣訴：「開槍斃了我吧，看在老天份上，誰來斃了我吧！」垂死之人呻吟著、慟哭著：「你看到了嗎？美國鋼鐵又跌了三點——」我的理髮師回到他的店裡工作；餐廳領班再次來到桌邊向客人鞠躬——如果還有客人可以鞠躬的話。在這片斷垣殘壁中，那座像斯芬克斯般孤獨、費解的帝國大廈拔地蓋起，依循慣例，我總是在臨走前登上廣場飯店的樓頂，眺望最遠的地方，向這座美麗的城市道別。所以現在，我踏上了最新、最宏偉的大廈樓頂。接著我明白了過來，一切得到了解釋：我發現了這座城市至高的錯誤，它的潘朵拉之盒。當滿心驕傲的紐約客爬上這裡，將沮喪地發現眼前的景象在他意料之外，這座城市並非如他所以為是由連綿無盡的峽谷形成，它亦有極限——從這棟最高的建築遠眺，他第一次見到這座城市其實是沒入四面八方的鄉野，真正無邊無際的是綠地藍天，紐約只是它的延伸。驚駭地認識到紐約終究只是一座城市，不是一個宇宙的一剎那，他心中所樹立的輝煌精神指標轟然崩塌。而這就是市長阿弗瑞德・W・史密斯輕率送給紐約市民的禮物。

至此，我道別了我失落的城市。在清早的渡船上往城市望去，它不再輕訴著夢幻般的成功與永恆的青春。在空蕩蕩的鑲木地板上飛騰的爵士俏女，也不再勾我懷想一九一四年的夢幻女郎那無以言喻的美麗。至於邦尼，那個自信地揮著手杖走入嘉年華會迴廊的人，如今靠向了共產主義，憂心著南方廠工和西部農人所遭受的不公義，換作十五年前，他們的聲音根本無法穿透他的書房。

除了記憶，一切都失落了。有時候我會這樣假想，想像自己正好奇地讀著一九四五年發行的某份《每日新聞報》：

五旬男子紐約失控逞兇

日前爆出愛巢藏嬌的費滋傑羅證實已遭兇手憤而持槍殺害

所以，或許有一天我注定會回來，在這座城市裡尋找我讀過的新體驗。但此刻，我只能放聲大喊我已失落那燦爛的美夢。回來吧，回來吧，那閃閃發亮與潔白的夢想！

崩潰

The Crack-up

〈崩壞〉、〈黏合〉、〈謹慎以對〉陸續刊登於《君子》雜誌一九三六年二月號、三月號、四月號。光是能採用這三篇隨筆、刊登出來，《君子》總編輯阿諾・金瑞契的功勞就值得讚賞。我個人非常喜歡這三篇隨筆。從以前就讀了好幾遍。一直很想翻譯，但心想等到年齡增長以後應該比較合適，始終沒出手，一直珍惜地保留到現在。最近開始想，時候差不多了，才為這本書選譯。

我當然喜愛費滋傑羅的小說，但如果要問我是否受到他小說的什麼具體的或技術上的影響，我想不太有。就算精神上受到了影響……。不過關於隨筆方面，或許某種程度受到影響也不一定。因為當我在寫長篇隨筆時，腦子裡經常會浮現這「崩壞三部曲」和〈我所失落的城市〉。

希望各位也能細細品味，被海明威指責「陰柔」的這系列隨筆之美妙，和其所隱含的強大核心精神。

——村上春樹

所有生命無非都是一段逐漸崩壞的過程，但有些人會因為遭受打擊使這段過程更戲劇性——巨大且突然而至的打擊，它們從外而來——就是那種在在讓你難以釋懷、怨東怪西，接著在脆弱的時刻忍不住向朋友傾訴的事，但這些打擊不會一夕之間盡顯成效。還有一種打擊，由內而來——非得等到做什麼都為時已晚，非得等到你最終意識到某方面來說自己再也無法活得人模人樣，你不會有所知覺。第一種崩壞看似來勢迅猛——第二種則幾乎在你不知不覺間發生，意識到時，往往是一瞬間的事。

在我繼續談這段簡短往事前，請先容我做個一般性的觀察——要測試一個人是否擁有第一流的才智，端視其能否在心中同時秉有兩種互相對立的概念，卻依然能運作。舉例來說，當一個人已能預見某些局面無可挽回，卻依然下定決心要將事情成功。這套哲理套用在我早期的成年生活再合適不過，因為我見過匪夷所思、難以置信、甚至常常是「絕無可能」的事在我眼前成真。要是你有點本事，人生就是你能擺佈的事。擁有才智和努力，或是擁有某種比例調和的兩者，人生就會輕易地對你讓路。當一個成功文人，似乎是個浪漫的事業——你永遠不會像電影明星般出名，但你掙得的名聲可能更為長久——你永遠不會比政治強人或宗教信仰有力量，但你肯定更能獨立自主。當然，做你這行的人隨著練習永遠無法得滿足——不過，忝列其中的我，卻從來不做他想。

隨著二〇年代的逝去，我自己的二十幾歲比一九二〇年代早結束，我的兩件年少遺憾——體型不夠壯碩（或是體格不夠優秀）所以大學時不能打美式足球，戰時也無法赴海外打仗——只剩下帶著虛幻英雄氣概的幼稚白日夢，在我難以成眠的夜晚，安慰我入睡。生命中的大問題看似都會自行解決，即使情況不好對付，生命也會把我們累得半死，好讓我們無法思考更普遍的問題。

人生，在十年前，不外乎就是你自己的事。我必須在徒勞的努力與必要的奮鬥間保持平衡；確信失敗已避無可避，卻始終抱持著「成功」的決心——甚至呢，還得在舊日沉痾與似錦前程的矛盾間擺盪不休。若是我能在日常大大小小的麻煩事中辦到這一點——無論是家庭、職業、個人的麻煩——那麼我的自我就能繼續像支從虛無射向虛無的箭矢，繼續飛行，最終只有地吸引力能讓它落回地面。

十七年來，包括刻意賦閒、遠離社交好喘口氣的那一年——萬事如斯進行，每多一件雜活，美好的明日願景就向我招手。儘管活得艱難，但「再苦到頭四十九，事事順利跟著來。」我這麼跟自己說。「我願意相信。對一個如我一般以此過活的人來說，所能企求的也就是如此了。」

——然而，距離四十九歲還有十年，我忽然意識到我已經早一步崩潰了。

如今，一個人的崩潰有很多種——可以是腦袋崩潰，在這種情況下，判斷力會像從身上被人搶走；或是身體崩潰，此時，只能向蒼白的醫院低頭；再不就是神經崩潰。威廉·西布魯克曾在一本不帶同情的書裡，帶著幾分驕傲以及來到電影尾聲的口吻，說起自己淪為政府救濟對象的經過。他之所以開始酗酒無度，或者說與此脫不了干係的，就是因為神經系統崩壞。儘管此刻我們所談的這位作家還沒有耽溺太深——過去六個月他都以一杯啤酒為量——失控的是他的神經反射——憤怒總是太多，眼淚就是停不下來。

再來，不妨回頭說說我那生命充滿種種侵擾的論點，打擊與發現崩潰並非同時發生，在兩者間有段緩刑時間。

不久之前，我坐在一位高明醫師的辦公室裡，聽他鄭重宣讀判詞。這些話回想起來，竟帶給了我幾分鎮靜。我為了生活，繼續在我住的城市裡奔走，不怎麼關心，也無暇想起我還撂下了多少事沒做，也不像書上的人那樣，能好好考慮從中衍生的這個那個責任；我從頭到腳都保了險，但歸根究柢，我就是個平庸的管事者，照顧不好交給我的事，包括我自己的才能。

但我忽然有股非得獨處不可的強烈衝動。我完全不想見到任何人。我這輩子已經見過太多人了——我的交際手腕平常，但我敏於常人的稟賦在於將我自己、我的想法、我的命運，融入所接觸到的形形色色階級。我時時援人以手，或者為人所救——不過一個早上，我就能經歷威靈頓公爵在滑鐵盧之戰的心境起伏。我所生活的世界充滿莫測難防的敵意，也不乏堅定不移的朋友與支持者。

但如今，我想要徹底一個人獨處，因此我做了些安排，躲開日常的關心問候。並非這段時光不開心。我住得遠遠的，那邊的人少得多。我覺得自己狀況不錯，只是疲倦。我可以整天無所事事，也樂得百無聊賴，有時一天或睡或打盹，二十個小時就過去了，期間就算睜開雙眼，我也堅決不去想任何事情——為此我列起了清單——寫了好幾百張，再一張張撕掉：騎兵團的指揮官、美式足球員、城市，流行曲調、投手、快樂的時光、嗜好、住過的房子以及我退伍以來所買的一件件西裝、一雙雙鞋子（我沒算進索倫托買的那套縮水西裝，也沒算上這些年來我帶著四處走，卻從沒穿過的宮廷鞋、禮服襯衫、硬領衫。那雙鞋受潮起皺；襯衫和領子泛黃，熨衣漿都腐壞了）。我還列了喜歡過的女人，以及我任憑那些品格或能力都不及我的傢伙冷落的時刻。

——接著，突然，令人欣喜地，我好起來了。

——接著，一接到消息，我又像一只舊碟子崩裂開來。

這就是故事的真正結局。接下來能做的，唯有留待我們常說的「交給時間醞釀」。這麼說吧，在獨自抱著枕頭纏綿將近一小時後，我開始意識到這兩年來，我的人生就是在動用不屬於我的資源，而作為抵押，我把肉體或精神完全交了出去。比起我的付出，為什麼人生給我的回報如此菲薄？——我曾一度自豪所選的方向，也一度滿懷信心能長久自立下去。

我意識到，在過去這兩年中，為了守護某些事物——或許是內在的平靜，或許不是——我斷絕了一切原先喜愛的事物——於是，從早上刷牙到與朋友晚餐，生活中的每個動作都變得吃力無比。我清楚自己有很長一段時間不喜歡待人接物，但還是裝出那套千篇一律的討喜面目；我發現即使是關係最親密的人，我對他們的愛也只留下一具勉力去愛的空殼，而我的日常交際——與編輯、賣菸草的、朋友的小孩來往，僅僅只是靠著我還記得該怎麼應對。就在同一個月裡，我開始會對像是收音機的聲音、雜誌廣告、鐵軌的尖嘯、鄉間的死寂之類的事情感到生氣——我瞧不起人類的軟弱，轉眼間卻又（只限於私底下）對人們的鐵石心腸忿忿不平——睡不成眠時，我憎恨夜晚。我也憎恨白晝，因為它終將走入黑夜。如今我側向心臟的一邊入睡，因為我知道只要心臟越快疲累——哪怕只快上一點——惡夢降臨的蒙福時刻就來得越早，惡夢像是情感的宣洩，讓我至少能更舒服地迎接新的一天。

仍然還有某些地點、某些面孔教我看得入眼。如同大多數的中西部人，我有一絲絲微不足道的種族偏見——我一直對聖保羅市那些坐在門廊邊上，但身家還搆不上在所謂「社交圈」裡出人頭地的可愛金髮斯堪地那維亞女人有股祕密渴望。她們如此美好，作個「小妞」太可惜了，她們也太急著離開農地，搶佔陽光下的一席之地，但我還記得自己繞著街區走，只為了瞥一眼閃亮的髮絲——一位我永遠不會認識的女孩她那亮麗濃密的秀髮。這番言論俗氣又不受歡迎。順便岔個題，此後的一段日子裡，我無法忍受塞爾特人、英國佬、政治人物、陌生人、維吉尼亞人、黑人（無論膚色深淺）、打獵的人、零售店員、無論哪行哪業的仲介，所有的作家（我非常小心地避開作家，因為沒人能像他們一樣找麻煩找到天荒地老）——以及所有在意階級的階級，還有大多數自鳴得意的階級中人……

我還是試著努力親近一些人事物，我喜歡醫師、至多大約十三歲的女孩、還有從大約八歲開始、有家教的小男孩。和這少數幾類人相處時，我還能保有平靜、愉快的心。我忘了補上，我也喜歡老人——超過七十歲的老人；若是他們的面貌有著飽經歲月傾軋的痕跡，有時六十歲也行。我喜歡大銀幕上凱瑟琳・赫本的面貌，不管大家說她有多愛故作清高，我也喜歡米麗安・霍普金斯的臉蛋；還有些老朋友，前提是我們一年只碰一次面，而我還記得他們幹過些什麼勾當。

這聽起來全都頗為有悖人理、因噎廢食，不是嗎？嗳，孩子啊，這，就是崩潰的正字標記。

崩潰不是幅美麗的圖畫。崩潰裱上了框，無可避免地被東搬西載，曝露在不同批評家面前。其中一定有這　一號人物，若要我形容，只能說她的人生教其他人的人生看起來和死了沒兩樣——即使這回呢，她扮演的角色是通常沒什麼興味的約伯之友。儘管故事已經結束了，還是且讓我抄錄一段我們的對話，作為附筆：

「與其對自己感到這麼難過，聽好——」她說。（她總是動不動就說「聽好。」，因為她思考時得邊說話——真正動腦筋思考）所以她說：「聽好。就想像崩潰的不是你嘛——想像崩潰的是大峽谷啊。」

「崩潰的是我。」我以英雄的口吻對她說。

「聽好！世界只存在你眼中——存在你的觀念中。你要它有多大就多大，有多小就多小。而你卻只想作個孬弱的小人物。天啊，要是哪天我崩潰了，我一定會拉著全世界陪我一起崩潰。聽好！唯有透過你自身的認知，世界才會存在，所以這樣說真的比較好，崩潰的不是你——是大峽谷。」

「寶貝，妳是吃了整本斯賓諾沙？」

「我才不懂什麼斯賓諾沙，我只知道——」接著，她說起了自己的舊日瘡疤，說著說著，聽上去似乎比我的故事還要教人傷感，之後又說到自己是如何遭遇、克服，最後打敗傷慟，

我想對她說的話反應，但我思考消化的速度不快，同時我還想到，在所有的自然力量中唯有活力無以言詮。在那些活力像是不負責任的文章般要多少有多少的日子裡，我試著妥善分配——卻總未能如願；延續這個比方，活力沒辦法「獲得」。如同健康、棕眼、榮譽、有磁性的嗓音，你要麼擁有，要麼沒有。我或許曾經請她分我一些身上的活力，俐落包好，準備帶回家好好料理、消化，但我永遠無法得到它——即使我斟上一錫杯的自憐，白白等上一千個小時。我大可走出她家大門，像是身懷碎裂的陶器般小心翼翼地捧著自我，接著頭也不回地走進苦澀的世界裡，這個我以找到的滿地苦楚當作材料，為自己造了個家的世界——並且在離開她的家門後，自己引上一段：

「你們都是世上的鹽。鹽若失了味，怎能叫他再鹹呢？」（《馬太福音》5：13）

黏合

Pasting It Together

在前一篇文章中，作者說到他發現眼前這道餐點，與自己為四十歲所點的相去甚遠。事實上——有鑒於這道餐點就是他本人，他便把自己形容為一只破碟子——這種碟子讓人覺得留之無用，卻也棄之可惜。你的編輯認為那篇文章牽涉了諸多面向，卻缺乏深入探討，我相信多數讀者也有同感——對某些人而言，所有的自剖都教人鄙薄，除非文末感恩戴德，結束在感謝眾神賜予他不屈不撓的靈魂。

但我一直以來都在謝神，都是為感謝而感謝。我想為自己的作品添寫一篇哀悼文，哪怕沒有尤佳寧山為我的文字增色。何況我已看不到眾神所在的尤佳寧山。

儘管有時候，這只破碟盤得擺在餐具室裡，以備家常所需，但它再也無法放上爐子加熱，也沒法放洗碗槽裡和其他碟子一塊洗；它不會拿出來宴客，不過若是大半夜裡要裝餅乾，或盛放一些要送進冰箱的殘羹剩菜，倒還應付得來……

於是有了這篇續文——關於一只破碟子的後來事蹟。

如今，治療消沉患者的標準方法就是叫他們想想那些窮困潦倒，或身體有病痛的人——這天國福音般的妙法，對所有人一體適用、常年皆宜，包管一掃愁雲，對每個人來說都是有益的日間活動。但是每當凌晨三點鐘，就連一件遭遺忘的包裹都和死刑有著同樣的悲劇重量，這時候什麼療法都沒有用——而在靈魂真正的黑夜裡，日復一日，無時無刻不是凌晨三點鐘。這種時刻，我們會本能躲進嬰兒般的夢中，盡可能不去面對現實——無奈與世界的各種連繫，不斷將嚇壞的我們推回現實之中。我們盡可能快速、不花心思地應付這些狀況，接著再一次縮頭躲回夢中，期待天外飛來的大筆物資或精神財富，幫助事情自己好起來。但越是坐困愁城，越沒有機會被財富眷顧——我不是在等一段悲傷平復，而是非出於己願地見證一場處決，見證著自己的人格瓦解……

除非以瘋狂、藥物或酒精干預，否則這個狀況沒有出口，最後，隨之而來的是一片空寂。空寂之中，你可以試著估算有哪些東西早被剔除乾淨，又有哪些被留下來。唯有在這種寧靜出現之際，我想起自己有過兩次類似的經驗。

第一次是二十年前，那時唸大學三年級的我被診斷出瘧疾，於是從普林斯頓辦了休學。過了十二年，有一次照了X光，我才知道當時患的其實是結核病——幸虧當時症狀輕，休養了幾個月後，我又回到校園。這段期間我丟了一些職務，主要是三角社的社長、一齣音樂喜劇的企劃工作，還有，我得留級一年。對我來說，大學生活從此不一樣了。畢竟，榮譽勛章、獎牌從此與我無緣。我依稀記得那是在某個三月天午後，我失去了所有曾經渴望的——也就是在那天晚上，我第一次去尋歡獵豔，在那段短短的時日裡，除了追著女人跑，其他的事對我都顯得無關緊要。

幾年後，我才認識到沒在大學裡混成大人物，不見得不是福——我沒在各個委員會裡打轉，反倒因為深感挫敗開始寫詩；當我理出頭緒，搞清楚文學究竟是怎麼回事以後，我開始學寫作。按照蕭伯納所言「若是喜歡的得不到手，不妨喜歡手上所有的」的原則來看，這段人生空檔對我來說是幸運——即便如此，認識到自己晉身領袖人物的坦途結束那一刻，實在是苦澀難熬。

從那天起，我再也無法開口遣走工作能力差的僕役，同時也對狠得下心這麼做的人驚訝又印象深刻。舊日裡那種成為支配者的渴望一個個破滅、消失。圍繞著我的生活是場森嚴大夢，而我唯有透過另一座城市女孩的信才活得下去。一個男人經歷了如此嚴重的挫折，是恢復不過來的——他必定會變了一個人，而最終這個改變後的新人會找到值得關心的新事物。

另一段跟我近況相似的插曲，發生在戰後，那也是我再次伸長手想摘我搆不著的果實時。這是其中一場沒錢就注定沒好結果的悲劇戀情，有一天女孩與我分手，理由天經地義。那個漫長絕望的夏天，我不再寫信，而是寫起了小說，結果小說出版賣得不錯，但之所以賣得不錯另有原因。口袋叮噹作響的這位男士一年後娶了那位女孩，但他從此永遠懷抱著對有閒階級的不信任與憎惡——這算不上什麼革命性信念，只是個農人心中悶燒已久的憤恨。從此以後，我有好幾年無法不去懷疑朋友的錢是從哪裡來的，也無法停止想像會不會已經有人出手奪走我某個好女孩的初夜。

十六年來，我大致就像上述的情況這樣活了過來，我不信任有錢人，卻又同時汲汲於賺錢，有了錢，我才能和他們一同享受金錢打開的門路，以及部分富人帶進生活中的優雅。這段期間，我就像座騎一一中箭落馬的傢伙——我還記得其中幾匹馬的名字——被刺穿的驕傲、困蹇的前程、不貞、賣弄、重創、絕不再犯。一轉眼，我已年過二十五，接著，就連三十五歲也惚惚而過，沒有發生像樣的好事。但這些年來，我不記得有哪一刻曾灰心喪志。我見識過正人君子怎麼度過致命的陰鬱情緒——有些人選擇放棄走上死亡；挺過來的人則調整自己，接著走向比我更加輝煌的成功大道；但即使我一路演了些難看的個人秀，我的鬥志也從未消沉自我厭惡。煩惱與氣餒沒有必然關聯——氣餒有自己的種子，它和煩惱的差異，就如同關節炎和關節僵硬一樣。

去年春天乍暖還寒那時，一開始我還沒聯想到十五或二十年前的事。但漸漸地，兩者顯露出了某種家族相似性——我展翅過度，放著蠟燭兩頭燃燒；像個存款透支後，還不知情地揮霍著名下的虛空。這次打擊的影響比上述兩次更為劇烈，但三者的本質並無不同——我覺得自己像是一個人站在暮色中的廢棄靶場，手拿著一把彈匣已空的步槍，遠方的靶早已倒下。沒什麼問題了——不過是一片寂靜，靜得只有我自己的呼吸聲。

在這片寂靜中，面對所有義務，我都像是沒了肩膀，自我價值貶到谷底。對秩序的熱切信仰、對助長種種揣測和預言的動機或結果的不齒、對寫作事業這項手藝任憑世事變化終有一席之地的感情——這些信念連同其他信仰，一個接一個地被掃出門。從我這個熟手看來，小說是人與人傳遞思想、表達情感最靈活有力的媒介，但現今的小說卻淪落為制式與共產化藝術的附庸，無論落在好萊塢商人或是俄國的空想家手裡，它所能反映出的，不過是陳腐至極的思想，和再膚淺不過的感情。小說成了一門屈從於影像的文字藝術，與影視界合作免不了的龜速進程，將小說性格消磨殆盡。早在一九三〇年我就有個直覺，哪怕最暢銷的小說家都會因為有聲電影的出現，變得落伍如默片。人們依然在閱讀——如果說翻開坎比教授的每月選書也稱得上閱讀——好奇的孩子在藥房雜貨店書架上翻找第凡內·賽耶先生的嘔吐物——但這人叫憤恨不平的羞辱，幾乎教我執迷，我目睹著文字的力量臣服於另一股力量，一股更加耀眼、卻也更加教人噁心的力量……

我寫下這些，以便說明是什麼在長夜裡困擾著我——這是一股我無法接受，卻也無力與之抗衡的力量；是一股讓我的努力變得過時的力量；就像是連鎖商店取代了一家家小店，這股力量由外而來、我無以招架——

（我覺得自己像在演講了，所以盯著面前桌上的錶，看看還剩下多少時間——）

好吧，既然現在一片安靜，我也只能被迫採取沒人自願這麼幹的激烈措施：強迫自己思考。天啊，要移動裝滿祕密的行李箱可有多難！在結束第一次累人的嘗試後，我懷疑自己這輩子到底有沒有動過腦筋思考。經過很長一段時間，我得到了這些結論，我將之寫下：

（一）我很少思考寫作以外的問題。二十年來，有位益友始終是我的知識分子榜樣。他就是艾德蒙・威爾森。

（二）另一位朋友代表了我心中的「美好生活」，儘管我和他十年才見一面，自上一次見面後，說不定他也已經走下坡了。他在西北部經營毛皮生意，不願公開姓名。每當處境艱難時，我就會想：如果是他會怎麼想？如果是他會怎麼做？

（三）第三位同輩始終是我的藝術判準——我不曾模仿他那風靡萬千的風格，因為我的文風自成一格，且成形於他出版任何作品之前。但在遭遇瓶頸的時候，那股扯著我朝他而去的力量真是可怕。

（四）第四位在我和別人成功建立起關係後，每每前來面授機宜，告訴我該做些什麼、該說些什麼、該怎麼至少逗人開心片刻（這和波斯特太太的理論恰恰相反，她那整套從頭到腳的粗鄙言行，讓所有人都徹底吃不消）。他的指教總是教我困惑，教我想出門買醉，但他老兄確實了解這場遊戲，看透了它且征服它，對我來說他的話稱得上金玉良言。

（五）十年來，除了將政治作為諷刺元素加入作品，我幾乎毫無政治頭腦可言。我會再度關心起自己本該參與運作的體制，歸功於一位歲數小我許多的年輕人，他為我帶來了結合熱情與清新的政治氣象。

因此，「我」再也不復存在——我的自尊無法建立在其上——只剩下對困難差事無窮吞忍的能力，但現在我連這個都做不到了。失去自我是件怪事——就像一個小男孩被獨自留在大屋，他知道自己現在想幹嘛就幹嘛，但卻發現什麼也不想做——

（我的錶已經超過預定時間一個小時了，而我幾乎還沒進入正題。我懷疑大家對我所說的事還會感興趣，但若有人想繼續看下去，我還有很多話說，你的編輯會告訴我的。但你若覺得夠了，直說無妨——只是請你輕聲細語，因為我總感覺有個人，我不確定是誰，此刻好夢正酣——他本來可以幫助我繼續開張營業。他不是列寧，也不是上帝。）

謹慎以對

Handle with Care

我在這系列篇幅中說了一位樂觀過頭的年輕人是如何經歷了自我價值的全面崩潰，他幾乎不知道發生了什麼事，直到許久之後，他才明白這就是崩潰。我也說到了緊接而來的荒蕪時光，以及在逆境中堅持下去的必要。話是這麼說，但我可沒有威廉・亨利那句膾炙人口的英雄詩「血流滿面寧不屈」所描述的英勇事蹟。在為我的心靈負債作過一番體檢後，結果顯示我這顆頭也沒什麼特別之處，屈服與否，也不值得提。我曾有過一顆心，但我能確定的也只有這樣了。

至少這是個擺脫泥淖的起點，這泥淖教我掙扎不已：「我感──故我在。」過去時不時有人求助於我，他們在處境為難時上門告急，或從遠方寫信，對我的建議照單全收，相信我的處世之道能帶給他們幫助。無論我是兜售陳腔濫調的販子，還是無恥妖僧拉普斯金，既有能力影響許多人的命運，我想必有些可取之處。因此，問題是我為什麼變了，又有什麼地方變了？我自己都不知道的裂縫在哪裡？從這看不見的裂縫中，我的熱情、活力點滴不停地流逝而去。

在一個疲倦絕望的夜晚，我收拾好公事包，出發遠行去把事情想清楚。我找了一個沒人聽過的乏味小鎮，租了間一元一晚的客房，接著花光身上所有的錢，買了一大堆肉罐頭、餅乾、蘋果囤在房裡。但別對我有錯誤印象，好像從物質過剩的世界落入相對匱乏的苦行生活是想做什麼偉大的研究──我一心追求的，唯有徹底的寧靜，好想清楚我為什麼養成了這種心態，悲傷時悲傷面對、憂鬱地耽溺於憂鬱、悲哀地處理悲劇——為什麼我會變得和自己害怕或同情的對象沒兩樣？

這麼做有效排解了什麼嗎？並沒有：認清自己的這副德性，意味著成就到此為止。諸如此類的事情，教神智清醒的人也無法好好工作。列寧並非自願承擔無產階級的痛苦，華盛頓不是自願扛起軍隊，狄更斯也不是自願作為倫敦窮苦人家的喉舌。托爾斯泰曾試著將自己融入他所關心的芸芸眾生，到頭來不過是假戲真作、失敗一場。之所以提列上述人物，是因為我相信大家對這些人都再為熟悉不過。

迷霧之中凶險四伏。渥茲華斯雖然感慨「大地榮光既逝」，但他並沒有與之一同殉逝的衝動；而「熾烈的星子」濟慈從未停止與肺結核奮鬥，即使到了臨終前，他也始終沒放棄躋身英國詩壇的希望。

我的自毀像是股濕到骨子裡的黑暗。現代人很明顯不流行這套了——然而，自從大戰以來，我還是見識到了其他人、見識到了十多位集榮譽與勤奮於一身的男人有如此傾向。（我聽見你的話了，但話別說得太早——這些人中就有幾位是馬克思主義者。）我在旁袖手旁觀了半年，看著一位知名同輩半真不假地考慮「不如大去」；我也曾見過另一位同樣傑出的人物在精神病院待了好幾個月，無法忍受和自己的同胞有半點接觸。至於那些撒手而去的，要我列出二十個都行。

這讓我有了一個想法，我們之所以得以倖存，是因為懂得和某些過往「一刀兩斷」。這個說法意味深長，與逃獄不同，我們逃向前去的，很可能是座新監獄，再不就是被迫還押原監。時下流行的「開溜」或「甩開一切無所謂」只是牢籠中的小旅行，就算牢籠有南太平洋那麼大好了，也只有提得起勁畫畫海或坐坐船的人懂得享受。一刀兩斷，意味著你再也無法回頭；作出了斷，就沒有後悔藥，因為自那一刻起，過去將不復存在。因此，既然我再也無力履行人生加諸於我，或我攬上自身的義務，何不乾脆劈開這四年來徒有形體的空殼？我必須繼續當個作家，這是我唯一的生存之道，但我會停止一切試圖表現得人模人樣的努力——不再裝出和藹、正直、慷慨的模樣。如今暢行無阻的，是生活周遭大把大把的偽幣，真金白銀的價值行不通了，而我也知道上哪裡找五毛換一塊的門路。我這只三十九歲的精明老眼好歹學會了分辨牛奶兌了多少水、糖裡攙了多少沙，也沒少見過水鑽冒充真鑽，灰泥裝作石材。我連一分自我都不願再付出——從今以後一切付出皆屬不法，新罪名則是浪費。

就如同所有真實新穎的事物，這個決定教我興高采烈了起來。作為某種開始，回到家後我要把整捆信件倒進廢紙簍，那些信向我問東要西，卻半毛不付——讀一讀這人的手稿、推銷這人的詩、免費上電臺、寫幾句推薦語、接受採訪、幫這齣戲生出情節、幫人處理家務事、參加關懷或慈善活動。

魔術師的帽底已空。從帽裡源源不絕地掏出東西一向是魔術師的拿手把戲，如今，換個比喻來說，我永遠不再是救濟名冊上伸出援手的一方了。

令人昏醉的罪惡感不斷蔓延。

我感覺自己就像是十五年前從紐約大頸（Great Neck）發車的通勤列車上常見那些浮腫著雙眼的男人——就算明天世界就要顛覆混亂，他們一概不在乎，只要自己的房子沒事就好。如今我也加入了他們的行列，以圓滑的調調說著：「抱歉，這是公事公辦。」

或是：

「你淌這趟渾水前早該先想清楚。」

或是：

「這件事我幫不上忙。」

還有微笑——啊，我會面帶微笑的。我還在努力揣摩那種微笑。其中融匯了各家絕詣，飯店經理、世故練達的老狐狸、校園參訪日的校長、操作電梯的有色人種、擠眉弄眼的娘娘腔、以市場半價弄到原料的製造商、開始新工作的畢業護士、頭一回登上版面的風塵女郎、被鏡頭帶到的潛力臨演、腳趾受傷感染的芭蕾舞者，當然，還得加上從華盛頓到比佛利山莊所有溫婉善良的人臉上散發出的強烈光芒，要想混口飯吃，他們少不得那一張張扭曲的臉孔。

嗓音也是同樣道理——我正在和一位老師學習發聲。等我出師以後，除了堅定地作談話對象的應聲蟲外，我的喉頭將不會再發出任何堅定的聲調。由於這十分仰賴引導自己說出一聲「沒錯」的技巧，老師（他是位律師）和我就在課後額外加強練習。我也正在學習不失禮貌地將刻薄加進其中，這會教對方大大不舒服，甚至坐立難安，好像無時不刻被人嚴厲檢視。這時，我當然就會先收起微笑。這招專門留給那些對我沒有一分好處的傢伙，像是老朽之人，或是有為青年。他們不會介意的——有什麼關係，反正他們幾乎整天都在碰釘子。

但夠了。這不是拿來說笑的事。如果你還年紀輕輕，就寫信給我希望當面求教如何當個陰鬱的寫作者，以便在好發於作家巔峰期的情感衰竭降臨時繼續寫作——萬一你真這麼年輕不懂事地寫了信來，我也不會多作表示，像是答覆你的信，除非你和某位非常有錢的重要人物確實有些裙帶關係。而就算此刻你在我家窗外就快餓死了，我也只會快步走出去，為你送上微笑和嗓音

（握手就免了），接著逗留一會，直到有人籌出五分錢打電話叫救護車——這還得要我認為這件好人好事對自己有點宣傳作用。

如今我僅僅只是個作家。過去我一直努力成為的那種人，已成了不可承受之重，所以我就「放他去」了，就如同一位在星期六夜裡放跑敵人的黑人女士，我幾無內疚。好事就留給好人做吧——教那些拚死工作，整年下來只有一個禮拜的「假期」打理家務事的醫生得其所哉吧；教那些閒閒沒事的醫生繼續一診一塊錢地削價競爭吧；教士兵去送死，並且即刻配享英靈殿，這是他們的職責所在，這是他們與眾神立下的契約。一個作家不需要這些理想，除非他想自找麻煩，而行文中的這位已經不幹了。我曾夢想著繼承「歌德－拜倫－蕭伯納」的全人傳統，再結合J. P.摩根、托普漢．波客萊、聖方濟的豐富美式風采，但這些舊夢已遭貶進了垃圾堆裡，與只在普林斯頓新生賽場上穿過一天的護肩，還有從未飆揚海外的船形帽一同作古。

那又如何呢？如今我是這麼想的：一個有知覺正常的成年人，落入與之相配的不幸是再理所當然不過。我同樣覺得，成年人心中那股執著於精益求精的欲望，所謂「鍥而不舍」（那些動動嘴就有麵包吃的人是這麼說的）到頭來不過是徒增不幸——同時也終結了我們的青春與希望。過去我感到幸福時往往高興得幾近瘋狂，這股喜悅即使連最親密的人都無法共享，我只能拐進安靜的街弄，邊走邊消化，並將剩餘的零星幸福感提煉成書中的短句——而我覺得我的幸福、我自我沉醉的才能，或隨你怎麼說，是個例外。它是反常的產物，一點都不自然——就跟景氣繁榮一樣反常；而我最近所經歷的，就如同是繁華落盡後橫掃全國的絕望浪潮。

我會設法與自己的新命運共存，雖然還得花上幾個月時間搞清楚狀況。就如同那可笑的斯多葛主義，它教美國黑人得以忍受不堪的生存條件，代價是失去對生命的真實感——我也有我不得不付出的代價。我不再喜歡郵差、雜貨店老闆、編輯、表姊妹的丈夫，而他們也會反過頭來，漸漸變得不喜歡我，所以日子再也不會有快樂起來的一天，我家門上永遠高掛著「當心惡犬」的牌子。儘管如此，我還是會試著當隻符合期待的畜牲，要是你丟給我的骨頭上帶著不少肥肉，我說不定還會舔舔你的手。

早來的成功

Early Success

本篇刊登於*American Cavalcade*雜誌一九三七年十月號。

這個時期，費滋傑羅已和米高梅電影公司簽約，住進好萊塢。他的人生逐漸步入最後一搏的階段。雖然才剛邁入四十一歲，卻像已預知了自己會早逝般，他緬懷起過去的眼神中充滿著深沉的思慮。

「與早來的成功相應而生的，是種信念，教人深信人生就是浪漫的。」這是在談費滋傑羅的作品時，不可忘記的重要一句。

——村上春樹

十七年前的這個月，我辭職了；或者你可以說，我從商界退出了。那裡沒我的事了——就讓街車廣告公司繼續施展手段，嘩眾取寵去吧。退下來不是因為賺飽了，而是緣於我的一屁股爛債：欠款、絕望、婚約告吹等等。於是我窩回了聖保羅的老家，準備「完成一部小說」。

這部小說動筆於戰爭尾聲的訓練營中，是我的致勝王牌。後來我在紐約得到了一份工作，就把這小說晾在一旁，但我總時不時察覺到它的存在，就像是鞋底塞了片紙板，整季蕭條的春天它如影隨形。這情況就像是智力遊戲題目「狐狸、鵝、豆子問題」。如果我為了完成小說放棄工作，我就會失去那個女孩。

於是我勉為其難地做著自己討厭的工作，我在普林斯頓求學，以及作為部隊裡最不像樣的副官笑傲軍旅的自信，一天天地消磨殆盡。我匆匆行經舊地，滿心患得患失——我經過留下雙筒望遠鏡的當鋪，穿著戰前的舊衣的我不好意思停步招呼發達的朋友——擠出最後一枚硬幣付小費後，經過形形色色餐廳的我只能過門不入；歡欣繁忙的辦公室為自己的前線子弟保留了工作。我手裡僅握的零零角角湊得成一塊錢嗎？就差一點，而那兩枚郵票改變了一切。對苦於一元半角的人來說，眼中的一切都是異樣的；人是異樣的，食物也是異樣的。

即使第一次有故事獲得採用，興奮感也不如想像中強烈。「荷蘭人」蒙特和我在汽車看板廣告標語辦公室裡相對而坐，面前擺著一模一樣的兩封信，我們倆人的故事同獲採用，來自同一本雜誌——老牌的《雋永新語》。

「我拿到三十塊支票——你的有多少？」

「三十五。」

然而，真正教人幻滅的是，這故事早在兩年前我還在讀大學時就寫好了，其後一整打新故事甚至連人名都沒有著落。這意味著我才二十二歲就開始走下坡了。我拿三十塊錢買了把洋紅色羽毛扇送給一位在阿拉巴馬的女孩。

我那些沒有談戀愛的朋友，或是花時間與「多愁善感」的女孩慢慢磨合的朋友，耐心地珍惜自我、放眼未來。但我的情況不同——我的戀愛對象是場暴風，我必須紡出一張夠大的網，網住暴風，將它趕出我的腦海，而我滿腦子盡是叮噹作響、滑不溜丟的一分五角，像是個不停播放的窮人音樂盒。事情不能繼續這麼下去，因此被女孩甩後，我返回家中完成我的小說。接著，忽然間一切都改變了，這篇文章所要述說的，就是成功帶來的第一道狂風，以及甜美迷霧。這是一段短暫、珍貴的時光——迷霧籠罩了幾個禮拜，或是幾個月，接著我發現最美好的時光已經結束了。

事情的開端在一九一九年秋天，那時的我就像個空桶子，整個夏天持續寫作教我精神萎頓，所以我跑去北太平洋鐵路局找了份修車頂的工作。接著郵差前來按鈴，那天，我拋下工作跑過整條街，攔下朋友和舊識的汽車與他們分享我的好消息——有人願意出版我的小說《塵世樂園》了。那週郵差不停上門，鈴聲不斷，我終於償清了可怕的小小債務，買了套西裝。每天早起迎接我的，是個說不出有多志得意滿與充滿希望的世界。直到一位訪客的到訪打破了這個狀態。

起初訪客只留下了姓名，但有人告訴我他是鄰城的報業大亨。想當然爾，他應該早就聽說了我的傑出成就，這次拜訪是想提議我拿剩下的點子幫他寫個專欄。有天我父親上樓，臉上的表情好像撞見了什麼不法之徒。

「A先生在樓下。」他說。

「知道了——他是報社老闆。」

「嗯……」我父親說，努力維持著莫測高深的表情。

兩分鐘內我就陷入了A先生究竟是何許人也的疑惑中。站在那裡的是我的第一位匿名仰慕者，他甚至沒讀過我的書，也遠遠和報業老闆沾不上邊，他是個全職的煩人精，全心全意地專注在他的煩人事業中。從眼睛、舌頭、滑溜的手到扭捏作態的雙腳，他全身上下無一處不圓滑。他帶著害羞又嚇人的興奮不停嘰嘰喳喳。他說自己寫過一些詩，而且他把寫作說得像是什麼羞恥、淫穢的行徑一樣。之後有好幾年時間，每當有仰慕者闖進我家，我總半是期待能再會會這位不速之客。我不配享有的幸福就這麼大受打擊。

我慢慢地從業餘作家蛻變為職業作家——這有點像是將你全部的人生編織成一系列工作，因此一件工作的結束，自然是另一件工作的開始。不過一年之內，原本滿懷希望的年輕人就感覺好日子到頭了，他們管不住自己對這門行當的種種想法和感覺，無法不對這些想法和感覺小題大作——縱情聲色之徒和政治人物、編輯和理想主義者、享樂至上派和虛張聲勢的弄蛇人、風趣和懶惰的傢伙；他們找不出方法躲過這條必經之路，好好坐在自己的作品前面，用乾打字機的色帶。那年的六月我還是個業餘作家——到了十月，我已經是個職業作家了，那時我和一個女孩在南方墓園的石碑間漫步，她說她感覺我散發出某種特別的魅力。無論她指的魅力是什麼，此刻都已伴隨著揮之不去的焦慮。我將這段插曲寫進了一個故事裡——篇名是〈冰宮〉，隨後發表。還有一次狀況也差不多，聖誕假期我人在聖保羅，有一晚我取消了兩場舞會約，待在家寫一篇故事。三位朋友傍晚時找上門來，告訴我錯過了什麼稀罕的事件：一位鎮上的名人把自己扮成一隻駱駝，而駱駝的後半截竟然是一位計程車司機，搞得雞飛狗跳才發現走錯了派對場子。我嚇壞了，自己竟然不在現場，隔天我花了一整天試著拼湊出故事的全貌。

「這個嘛，我只能說事情發生的當下真的很好笑。」

「不，我不知道他從哪找來那個計程車司機的。」

最後我萬念俱灰地說：「唉，看來我不可能搞清楚到底發生什麼事了，但我要把這個題材寫成故事，比你們說的任何情節都要有趣十倍。」所以我真的寫了，連續二十二小時不停地寫，把它寫得很「有趣」，而這單純是因為他們不斷向我強調那件事究竟有多好笑。〈駱駝之背〉發表了，同樣被收入了幽默選輯中。

冬季到了盡頭，緊接而來的是另一段異常乾爽的舒適時節，接著，在短暫的休息期間，一幅新鮮的美國生活圖象逐漸在我眼前成形。一九一九年的無所適從告一段落——大家似乎對未來會發生什麼事不怎麼疑惑——美國正經歷著史上最盛大、最虛華無度的狂歡，有太多太多值得大說特說。空氣中瀰漫著鍍了純金的繁榮景氣——恢宏大氣，同時無恥墮落；禁酒時期的舊美國還在苦苦地垂死掙扎。

湧進我腦海的所有故事都帶著大難將至的預感——我小說中可愛又年輕的生命一個個走向毀滅、短篇小說裡的鑽石山脈轟然爆炸、我描寫的百萬富翁像是湯瑪斯·哈代筆下的農人般既可愛又可恨。我筆下的這些故事尚未在現實中發生，但我很確定，生活可不是如這些人心中所想的一般，莽撞、隨便地過過日子就算了——這個世代硬是比我年輕。

我認為，我的優勢在於身處劃分開前後兩個世代的那條線上——儘管有些不自在。第一封重要信件寄達後——上百封信跟著湧了進來，說著他們對一位女孩剪頭髮的故事（〈柏妮絲剪髮記〉）的感想——想想真是相當荒謬，他們竟然會想跑來告訴我這些事。另一方面，對一個生性害羞的人而言，能不做自己，而再度化身為某人相當愉快：我是個「作家」，一如我曾經是個「中尉」。當然，作家這行我幹得並不真的比從前當軍官時稱頭，但似乎沒人想猜猜這張假面後頭是誰。就在三天之內，我結了婚，報紙大肆宣傳《塵世樂園》，像是在大力捧紅電影裡的臨時演員。

書出版後我跌入了躁鬱的瘋狂之中。暴怒和幸福每小時輪番報到。許多人覺得那本書矯揉造作，或許真是如此；另外還有許多人覺得它謊話連篇，但它可字字不假。恍恍惚惚中，我接受了一次採訪——我談到自己是個多棒的作家，而我又是如何達到這樣的高度。一位和和我踩著相同腳步前進的作家海伍德・布勞恩斷章取義地引用了這段話，接著評論說我是個非常自滿的年輕人，有段時間還出了名的難相處云云。我邀請他共進午餐，心平氣和地告訴他，放手讓自己的生命流逝而無所成是種大大的糟蹋。他才剛滿三十歲，我在差不多的年紀就寫下了這個句子，世人將因此永遠記得我：「她是位青春已逝，卻可人依然的廿七佳人。」

恍恍惚惚中，我告訴史克萊伯納出版社，我並不預期自己的小說能賣超過兩萬本。笑聲漸息後，他們告訴我處女作能賣出五千本已經相當不得了了。我記得出版一個禮拜後，銷量就突破了兩萬大關，但我把自己繃得死緊，以至於不覺得有哪裡好笑。恍恍惚惚中，我每天早上都會打開《論壇報》，看看富蘭克林・P・亞當斯又在書裡找出了什麼拼寫錯誤。一開始他手上的清單只列出三十處，一群熱心讀者又為他的專欄貢獻了另外一百個錯誤。我的老天——他們對我的期待只有把字拼對嗎？如果我是個高明的作者，拼寫難道不能交給校對者操心嗎？

愁雲慘霧的幾個星期在普林斯頓人突然批評起這本書的那週戛然而止——批評並非來自普林斯頓的在校生，而是發自學院派和校友們組成的異端團體。希本校長寫了封溫和但語帶責難的信，接著滿室的舊友同窗忽然一起向我發起攻訐。我們曾經是個相當開心的小團體，還曾一起坐著哈維・凡士通知更鳥蛋的藍色豪車招搖過市。就在一次聚會中，我試著平息一場爭吵，卻不小心被人揍出個黑眼圈。這件事被渲染成醉酒鬧事，而儘管在校生組成了代表團向理事會反映，我所屬的俱樂部還是賞了我幾個月閉門羹。《校友周刊》咬著我的書不放，只有迪恩・高斯為我說了些好話。決議期間充斥的虛情假意、惺惺作態教人惱怒，為此我有七年時間沒有踏進普林斯頓。後來有本雜誌要我寫篇文章談談這件事，開始動筆後，我才發現其實我深愛著這個地方，那個禮拜的經驗與其他記憶相比，根本不足掛齒。但在一九二〇年的那一天，一大部分成功帶來的喜悅就這麼不見了。

但我現在是個職業作家了——若是舊世界不讓出路來，新世界就不可能出現。面對褒貶，我逐漸發展出一種保護自我的堅韌。人們太常因為錯誤的理由喜歡你的作品，或者，有些人讚美你作品的方式就是表達他的討厭。沒有任何體面的職業建立在大眾認同之上，而我學會了不要瞻前顧後，要無所畏懼地向前走。數數我的錢袋，我發現一九一九年自己靠寫作賺了八百元，一九二〇年賺了一萬八，包含故事、照片授權，還有書籍版稅。我一篇故事的價碼從三十元漲到了一千。與之後《繁華》雜誌給出的價碼相比，這數字不值一提，但聽在耳中還是極具份量。

早早實現夢想以及實現的過程帶來了某些報酬，也帶來某些負擔。面對命運，提早到訪的成功給人一種幾近神祕的想法，彷彿命運就是會與意志力作對——最壞的狀況就是拿破崙般的幻覺。年紀輕輕就登頂的人因為一路吉星高照，毫不懷疑他正遂行著自己的意志。有人在三十歲時斷定他心中自有一把尺，衡量意志與命運分別帶給成就的貢獻；來到四十歲時，他動輒只強調意志。只有在暴風打壞你的船後，你才會有所省思。在我父親的一生中，成功來得相當晚，也維持不久，但我從沒聽過他將自身的失敗怪罪給任何原因，一切都是自己無能。但或許他也曾經抱怨過，當商場中開始剪除老一輩的行動時，他一夕陷入恐慌。在個人的不幸中倖存了這麼多年頭後，一陣說不上強烈的輕風反而一夕吹散了我的鬥志。兩年來，我在苦澀的沮喪中生著悶氣，我是如此氣結難平，以至於逢人便說，甚至還寫了下來，像是在鐵路事故中斷了一條腿般四處大聲嚷嚷。

三十歲就發達的人，像是在夏天裡盛放。然而與早來的成功相應而生的，是種信念，教人深信人生就是浪漫的。最正面的解讀，就是我們永遠不會老。那時檯面上最好的愛情與金錢想拿就拿，起伏無常的名聲失去了它的魅力，我不斷尋找著永不散場的海邊嘉年華會，虛擲美好歲月，卻不真心後悔。二十五、六歲時，我有一次開車沿著康尼奇高地公路行駛，穿過薄暮，整座法國里維拉在下方的海面閃爍。蒙地卡羅遙遙在望，儘管我來的季節不對，沒法上「大公」賭上兩把，一位胖墩墩的實業家E・菲利浦・歐本罕已經來這裡報到了。他和我住同一間飯店，整天穿著浴袍——他的尊名教人無法抗拒地深深著迷，我只能停下車來，像個中國人般小聲唸著：「阿，漢！阿，漢！」我眼中所看到的不是蒙地卡羅。我看到的，是內心中那個走在紐約街道上，鞋底塞了片紙板的年輕人。我再次和那位少年合為一體——有那麼一瞬間，我有幸與他共享同一個夢想，如今我自己的夢想已不復存在了。之後依然有幾次偶然的機會，我得以躡手躡腳地靠近他，他驚喜於紐約的秋晨或是卡羅萊納的春夜，那時是如此安靜，你甚至聽得到鄰郡傳來的狗吠聲。但在那短得遺憾的光景過後，他與我不再是一體；在那短暫美妙的時光裡，夢想成真的未來和滿懷希望的過去在某個美妙的瞬間合而為一——彼時，人生真的就是一場夢。

編譯後記◎村上春樹

我最早著手翻譯的書，是史考特・費滋傑羅的作品集《我所失落的城市》。這本書於一九八一年推出，那是在我以小說家出道不久時。從那之後，我一邊寫著自己的小說，一邊斷斷續續埋頭翻譯費滋傑羅的小說，編譯了幾本短篇集，還譯了一本長篇小說《大亨小傳》。

《我所失落的城市》在日本發表時，只有少數費滋傑羅的作品被譯出來，其中多數已經絕版。將他的作品介紹給廣大的日本讀者，成為身為翻譯者的我重要的任務之一。雖然對翻譯技術還沒有充分的信心，熱情仍推著我向前邁進。

如今，費滋傑羅的名氣和評價都比我最初翻譯時提高許多，他主要的作品也大多能輕易買到了。無論是《大亨小傳》或十篇左右的短篇小說，都被視為美國經典文學，讓不少日本讀者捧讀。這真是可喜的事。

但這些「被捧讀」的費滋傑羅作品，多半寫於一九二〇年代，也就是所謂「爵士年代」，他的寫作全盛時期。他在一九三〇年代，尤其是到了後期所發表的作品中，除了例外的那一篇，似乎不怎麼被關注與閱讀。一九三〇年代後半相當於費滋傑羅的晚年，但他去世時才四十四歲，所以「晚年」的說法或許不是很恰當。因為本來四十幾歲，以小說家來說應該正處於狀態絕佳的時期。

不過，由於他在一九二〇年代的活躍程度——無論是在工作上，或私生活上——實在太精彩了，三〇年代以後的費滋傑羅，怎麼樣都感覺自己過了全盛期，正進入衰退中吧（而且世人大概也是這樣看待他）。無論人氣或實力，都已被曾是後輩的作家海明威超過了，而且差距逐漸拉大。這種焦慮，加重了他的「衰退感」。此外，妻子塞爾妲患了精神病，反覆住院、出院也讓他深感挫折。於是他開始酗酒。酒一喝，人也變了，在酒精的侵蝕下，即使提筆也無法捕捉所思所想。

費滋傑羅是那種以日常生活經驗為核心，發揮想像，從中創作出小說的作家，一旦實際生活失去重心，消沉下去，作品便相形失色了。當他和塞爾妲共度著正面快樂、多彩多姿的生活時，兩人一同看到彩色的世界，從中產生創作的能量。失去了塞爾妲——他的另一隻眼，對他構成精神上重大的損害。接下來到底要寫什麼才好？必須重新振作起來才行……他心中這麼想，卻困難重重。加上沉重的負債（塞爾妲的醫療花費龐大），他必須一邊和自己頑固的酒癮纏鬥，一邊獨力扶養可愛的幼小女兒弗朗西絲。

讓我們試著依序追溯他一九三〇年代的人生。

一九三〇年春天，夫婦倆旅居歐洲，塞爾妲開始出現精神異常。由於太專注於跳舞，失去了正常的認知能力。據說塞爾妲的家族本來就有心理疾病遺傳史。史考特帶塞爾妲到瑞士的療養院去就醫。（這後來成為《夜未央》開始的舞臺）。

一九三一年，塞爾妲從瑞士的療養院出院返美，回到故鄉阿拉巴馬州蒙哥馬利。為了解決經濟的窘迫，史考特短暫去了好萊塢，擔任電影編劇。當時的經驗，讓他後來寫了〈瘋狂星期天〉。這段時期，他為了錢（不得不）開始幫商業雜誌大量撰寫輕鬆的短篇文章。

一九三二年，塞爾妲在家鄉蒙哥馬利病情暫時回穩，但二月再度復發，住進巴爾的摩的飛利浦療養院。這次史考特陪塞爾妲搬到巴爾的摩，和十一歲的女兒一起住了一段時期。同時盡心竭力地繼續寫著長篇小說《夜未央》，但願這本小說能讓自己再度成為美國文學的領航者，生活上的一切問題都能迎刃而解了吧——懷著這樣的期待，史考特自我鼓舞，勉強支撐著度過苦境。

一九三四年。塞爾妲的病況惡化。與此同時《夜未央》出版了，然而這本書幾乎沒有引起世人關注，就那樣出版後就消失了。不但銷路不好，還被海明威大肆批評。從此史考特認為自己再也回不到從前，更加灰心。在撰寫重要作品時酗酒，這件事直到最後他都深感後悔。反覆想著如果那時候不喝酒……就好了。

《夜未央》在作者死後超過十年才被重新肯定，被賦予美國文學經典名著的光輝地位，可惜當年的費滋傑羅並不知道將來會有這樣的殊榮。

這個時期，雪上加霜的是，史考特被診斷出結核病（幸虧不是重度），只得輾轉在北卡羅來納州各處靜養。一邊懷著不滿足的心情調養身體，一邊盡力戒酒過著黯淡的日子。在這樣的情況下，他開始寫〈崩潰〉三部曲。那是整體文風黑暗，卻散發著獨特優雅氣質的隨筆。文章沒有衰弱感，反而生氣勃勃——他到最後仍保有那高明的創作力，同時也精巧地反映出他內心深處的某種自豪。

一九三七年後半，為了讓生活重新出發，史考特再度移居好萊塢，認識了好萊塢的專欄女作家席拉・格拉姆（Sheilah Graham），和她一起生活。費滋傑羅在她的幫助下，終於戒掉酒癮，繼續勉強做著寫劇本的工作。一九三九年，他開始執筆新的長篇小說《最後一個影壇大亨》（*The Last Tycoon*），心中湧現「好，我應該還能寫下去的」的期許。

只是，那本小說未能完成，史考特就心臟病發，一九四〇年十二月二十一日，他在席拉的公寓突然離世。

對費滋傑羅書迷來說，未能看到他完成長篇小說《最後一個影壇大亨》當然非常遺憾。雖然如此，得知他在人生的最後階段終於調整好狀態，開始朝新目標堅定地邁進，總算感到欣慰。然而，應該是為時已晚吧，一直以來，他持續耗損身體太久了。

無論怎麼想他都死得太早——或許這就是史考特・費滋傑羅這位作家的命運了。至於我自己，四十四歲那一年，曾經這樣想過：「啊，費滋傑羅就是在這個年紀離世的。」我當時人在普林斯頓大學（費滋傑羅的母校）擔任駐校作家，正在寫著長篇小說《發條鳥年代記》，深有所感地想著：「如果沒寫完這部作品就死去，一定會很不甘心。」

我為這本書選譯的作品，主要是他在竭盡自己心力活下去的灰暗時期所創作出的作品。然而，從中可以窺見他仍極力穿越那深沉的絕望、努力抓住一點微弱光源、緩緩向前邁進的堅定意志。那或許是費滋傑羅身為作家的強韌本能。他擁有克服自憐、不讓自己安於晦暗的力量。讀者如果能從這本書收錄的作品感受到，或多少讀出那樣的感覺，對身為日文版譯者的我而言，沒有比這更高興的了。

此外，我在為作品寫的解說中也提過，我曾譯過〈酗酒個案〉和〈我所失落的城市〉這兩篇（都收在《我所失落的城市》書中），都是我喜愛的作品，這次也重新翻譯過。

有關譯稿的審定，仍舊受到柴田元幸先生大力照顧協助，並蒙約克大學（多倫多）顧森教授（Theodore W. Goossen）的指導，在此特別致謝。此外要感謝中央公論新社的編輯橫田朋音女士，謝謝她對我翻譯費滋傑羅這份工作長期以來持續不斷的支持。

二〇一九年五月

村上春樹

文學森林 LF0164

一個作家的午後：
村上春樹編選 費滋傑羅後期作品集
ある作家の夕刻 フィッツジェラルド後期作品集

作者
史考特・費滋傑羅 F. Scott Fitzgerald
二十世紀美國最具代表性的小說家，被後世喻為「爵士年代」的象徵，著有：《塵世樂園》、《美麗與毀滅》、《大亨小傳》、《夜未央》、《最後一個影壇大亨》（未完）等多部作品，其中以《大亨小傳》最為著稱，四度改編電影，並被《時代》雜誌票選為世紀百大經典小說。

編選
村上春樹
一九四九年出生於日本兵庫縣，早稻田大學戲劇系畢業。
一九七九年以《聽風的歌》獲得「群像新人賞」，被譽為日本「八〇年代文學旗手」，一九八七年出版暢銷小說《挪威的森林》，當年上下兩冊銷售突破四百萬冊，成為傳奇。作品獲「野間文藝賞」、「谷崎潤一郎文學賞」、「讀賣文學賞」等無數獎項肯定。中譯超過五十一本，包括長篇小說、短篇小說、散文及採訪報導等。除了小說，村上春樹亦有許多散文及報導寫作。另外翻譯經典外國文學也是他的重要寫作實踐。

譯者｜各篇導讀、日文版譯後記
賴明珠
一九四七年生於台灣苗栗，中興大學農經系畢業，日本千葉大學深造。翻譯日文作品，包括村上春樹的多本著作。

譯者｜費滋傑羅作品
羅士庭
一九八七年生，自由接案者。著有《惡俗小說》。

封面設計 賴佳韋
內頁排版 立全排版
責任編輯 陳彥廷
翻譯協力 翁宗睿
版權負責 陳柏昌
行銷企劃 楊若榆、黃蕾玲
副總編輯 梁心愉

初版一刷 二〇二二年九月五日
定價 新台幣三六〇元

ThinKingDom 新経典文化
發行人 葉美瑤
出版 新經典圖文傳播有限公司
地址 10045臺北市中正區重慶南路一段五七號十一樓之四
電話 886-2-2331-1830 傳真 886-2-2331-1831
讀者服務信箱 thinkingdomtw@gmail.com
臉書專頁 http://www.facebook.com/thinkingdom/
總經銷 高寶書版集團
地址 11493臺北市內湖區洲子街八八號三樓
電話 886-2-2799-2788 傳真 886-2-2799-0909
海外總經銷 時報文化出版企業股份有限公司
地址 桃園市龜山區萬壽路二段三五一號
電話 886-2-2306-6842 傳真 886-2-2304-9301

各篇導讀與日文版譯後記
ARU SAKKA NO YUKOKU - Fitzgerald Koki Sakuhinshu
selected by Haruki Murakami

一個作家的午後 / 史考特・費滋傑羅（F. Scott Fitzgerald）著；村上春樹選；賴明珠，羅士庭譯. -- 初版. -- 臺北市：新經典圖文傳播有限公司, 2022.09
288面；14.8×21公分. -- (文學森林；YY0264)
譯自：ある作家の夕刻 フィッツジェラルド後期作品集
ISBN 978-626-7061-34-3(平裝)

874.57 111011154